Reise nach Mar del Plata

Josef Rupp

Reise nach Mar del Plata

Bibliografische Information der Deutschen Nationalbibliothek:
Die Deutsche Nationalbibliothek verzeichnet diese Publikation in
der Deutschen Nationalbibliografie; detaillierte bibliografische Daten
sind im Internet über http://dnb.dnb.de abrufbar.

Umschlaggestaltung, Satz, Herstellung und Verlag:
BoD – Books on Demand, Norderstedt

ISBN: 978-3-7534-2697-6

Inhalt

Einleitung

Eigentlich bin ich ein langweiliger Mensch, der gerne ein langweiliges Leben führen möchte. Wünschen würde ich mir für mein Leben so ein »Kuh-auf-der-Weide-Glück«. Alle Versuche in diese Richtung gingen sowohl beruflich als auch privat in die Hose. Über die Ursache der privaten Katastrophen rätsle ich nach wie vor. Bei den beruflichen Turbulenzen, die ja nicht so sehr mit Emotion belegt sind, ist das Verstehen von alldem, das sogenannte »Nachvollziehen«, warum etwas genauso gekommen ist, für mich schon leichter geworden.

Allein, als ich am Telefon während des Autofahrens gefragt wurde, ob ich in Argentinien kontrollieren möchte, und ich antworten wollte: »Ja, also ... also ... Was müsste ich denn da tun? Ich meine, welche Produkte, welche Standards? Geht's da um Tiere oder Obst oder Gemüse? Und überhaupt wann und wie lange ...?«

Diese Fragen wurden auf der anderen Seite der Leitung nicht mehr gehört. Die Verbindung war nach dem »Ja« weg. Das Nächste, das ich mitbekam, war, dass sich die Fachbetreuer in der Firma darüber unterhalten haben, dass der Josef »Argentinien« macht. Das haben sie nicht einmal hinter meinem Rücken getan. Ich stand bei dem Gespräch daneben. Jedoch, man hat mich nicht gesehen.

So geht das bei mir und dadurch bin ich, nicht wie die meisten meiner Kollegen, bei denen die Kontrollen bloß im an ihren Wohnort angrenzenden Ausland stattfinden, in ganz Europa bzw. auch Argentinien tätig.

Ich möchte bloß antworten: »Ja, so grundsätzlich habe ich ja nichts gegen. Lass mich mal darüber nachdenken ...«

Bevor ich mit dem Denken fertig bin, sitze ich schon im Flieger nach Buenos Aires – dann im Flieger denke ich mir: Wie bin ich denn da nur hineingeraten? Ich bin ja das alles nicht. Aber Du wirst sagen: Reichlich spät, diese Erkenntnis.

Also worum geht es?

Es geht um Kontrollen (manchmal sagen wir Audits) von Lebensmittelstandards privater Standardhalter. Wenn ein österreichischer Importeur albanische Bio-Himbeeren auf dem österreichischen Markt platzieren möchte, kann es sein, dass die Handelskette bei der Agroinspecta (da arbeite ich) anfragt, ob jemand nach Albanien fahren kann und die Produktion dort kontrolliert. Da fällt dann einem Fachbetreuer ein: Wir haben ja den Josef. Bevor der zum Antworten geschweige denn zum Nachdenken über Bio-Himbeeren (oder sind es Erdbeeren, ist ja egal – er wird schon draufkommen) kommt, sitzt er schon im Flieger nach Tirana.

Nun, warum schreibe ich über meine Erlebnisse? Ich könnte es ja auch erzählen.

Das kann ich nicht.

Es gibt Menschen, die haben ein Auftreten. Eine »Präsenz« nennt man das, und alle lauschen. Ich habe mehr eine »Absenz«. Ja, das gibt es. Wenn bei den Schulungen keine Anwesenheitslisten durchgereicht werden würden, müsste ich einige Schulungen mehrmals besuchen.

War der Josef eigentlich da? Wo ist denn die Anwesenheitsliste? Ah ja, da ist die Unterschrift.

Ich bin schon gut beim Geschichtenerzählen, z. B. wenn kleine Kinder in der Nacht nicht einschlafen können. Das habe bei meinem Buben, als er noch klein war, nur ich gemacht.

Jetzt ist er schon größer und interessiert sich nicht mehr für meine Einschlafgeschichten.

Es begann auf dem Rückweg der ersten »Argentinien-Kontrolltour«. Da saß ich ca. sieben Stunden in Frankfurt und wartete auf den Anschlussflug nach Wien. Überprüfte meine Kontrollberichte (ca. 80 Seiten) und fing aus Langeweile an, das in Argentinien Erlebte niederzuschreiben.

Genannt habe ich es damals »Alternativer Kontrollbericht« und mailte es ein paar Freunden innerhalb der Firma.

Der Bericht hat die Runde gemacht. Und als diesen Winter wieder eine Kontrolltour nach Argentinien notwendig war, wurde ein weiterer »Alternativer Kontrollbericht« gleich mitbestellt.

Und so ging es weiter.

Aktuell bin ich in der Covid-Zeit in Italien, trotz der Reisebeschränkungen. Irland, Slowenien, Tschechien, Polen und jetzt Italien waren die Länder bisher, neben Argentinien. Belgien, Niederlande, Frankreich, Deutschland. Griechenland und Spanien sind aus Pandemiegründen ausgeblieben. Ich bin wohl ein Herumtreiber.

In Österreich kontrolliere ich viel in der Biobranche. Immer wieder fragt man mich bezüglich Missständen,

Bioschmäh usw. Es findet sich sehr wenig darüber in den folgenden Zeilen. Natürlich habe ich schon viel gesehen und nicht alles war super. Aber zu 95 % halten sich die Betriebe an den jeweils zu kontrollierenden Standard (im In- und Ausland). Auch wenn manches für den Laien oder Außenstehenden nicht in Ordnung erscheint, ist es bei näherer Betrachtung doch gut.

Was mich bisweilen aufregt, das sind die praxisfremden Vorgaben in den Richtlinien. Die wirklichen Experten sind immer noch diejenigen, die tagtäglich ihre Tiere in den Ställen betreuen, auf den Feldern stehen oder den Käse, Fruchtsaft, was auch immer, herstellen.
    Gut, dass das jetzt schon raus ist (musste sein).

Aber jetzt zu dem, was nach dem ersten Mal in Argentinien geschah.

Auf Kontrollreise nach Argentinien
(1. Teil)

Am 20. Dezember wird mir mitgeteilt, dass fünf Tage später (zu Weihnachten) der Flug über Frankfurt nach Buenos Aires und die darauffolgenden Tage eine Geflügelkontrolle in der Stadt Pilhar in der Pampa ca. zwei Autostunden westlich von Buenos Aires angelegt sei. Der Rückflug sei mit Ankunft zu Silvester um 23 Uhr in Wien fixiert. Auf meine Rückfrage, ob es sich um das Pilhar in der Nähe von Buenos Aires, der Hauptstadt Argentiniens, und meines Wissens zweitgrößten Stadt von Südamerika handle, wird mir das teilweise bestätigt.

Die zweitgrößte Stadt in Südamerika sei Pilar jedoch nicht. Wieso ich denn darauf komme. Ich antwortete, dass ich mit der zweitgrößten Stadt ja auch Buenos Aires meine, worauf mein Vorgesetzter meinte, dass ich das doch bitte selbst klären solle, weil darum könne er sich nicht auch noch kümmern. Was soll ich sagen, das ist eben Kommunikation in Österreich.

Nun erkläre ich Dir, was ich dort überhaupt machen sollte. Es gibt eine Handelskette, die will in ihren Produkten kein Flüssigei oder Eipulver von Hühnern aus Käfighaltung haben.

Weil ein Ei, wenn es verpulvert wird, nahezu zwei Jahre haltbar ist, werden Übermengen in der Produktion (die Hühner legen die Eier leider nicht entsprechend den Erfordernissen des freien Marktes) verpulvert und dann in alle möglichen Produkte hineingemischt. In all den Kuchen-, Torten-, Knabber- und Eiernudelprodukten ist Käfigeipulver enthalten. Weltweit leben 90 bis 95 % der Legehennen in Käfigen.

Einige Leute in dieser Handelskette scheinen mit der Diagnose »Übermotivation« gut beschrieben zu sein. Du kannst Dir sicher denken, wie glücklich die Vertreter der Geflügelbranche über derartige Vorstellungen sind, aber nichtsdestotrotz, es wird versucht, und ich bin in der Situation, weltweit Hühner und deren Haltungsform zu überprüfen, da es in unserer Firma wenig Geflügelkontrollore gibt.

Den Vorinformationen zufolge handelt es sich in Pilar um ca. 20 Geflügelställe und ein Eipulverwerk.

Von den Ställen gibt es Fotos.

Vom Aufschlagwerk gibt es etwas mehr, sogar eine Betriebsbeschreibung. Die reine Kontrollzeit bei einem einfachen Stall bei einer z.B. Tierschutz – Kontrolle beträgt üblicherweise zwei Stunden. Ist der Stall zu vermessen und neu aufzunehmen, kann man das Doppelte an Zeit rechnen.

Die Zeit werde ich wohl brauchen. Auf meine Frage, wie weit die Ställe voneinander entfernt lägen, bekam ich die Antwort: Mitunter mehr als 100 km und wir müssen eventuell die letzten 30 km in einen Geländewagen umsteigen, weil … Nun ja, ich sähe es dann schon.

Frohen Mutes mache ich mich am ersten Weihnachtsfeiertag mit den nötigen Kontrollunterlagen und den vermutlich notwendigen Dingen (Sonnenschutz, ein paar Euro, 100 Notfall-US-Dollar usw.) um 15 Uhr auf den Weg nach Wien-Schwechat. Es ist alles gut.

Eng ist's halt im Flieger nach Frankfurt, aber zwei Stunden – das geht schon. Hinein in den nächsten »Autobus der Lüfte«. Boah, ist das eng! Nein, ich bin nicht so dick geworden. Vor 20 Jahren hatte man noch Platz.

Wo früher fünf Sitze waren, bringt man heute zehn unter, erklärt mir die Sitznachbarin, Lehrerin an der deutschen Schule in Buenos Aires. Ich fliege bei meinen Kontrolltouren eher wenig. Wenn möglich, mache ich alles mit dem Auto, auch aus dem Grund, dass es im Flugzeug immer eng ist.

Mein Gott, es sind ja eh bloß 15 Stunden Flugzeit, und Du bist ja noch jung – bald 51 (an Jahren). Die 15 Stunden gehen vorüber ohne nennenswerte Vorkommnisse. Die Gedanken und Gefühle in dieser Zeit können bei Gott als nicht nennenswert bezeichnet werden.

Irgendwann kommt Buenos Aires, die Suche nach dem Fahrer und die Fahrt ins Hotel. Zwei Stunden erholen, duschen, Kaffee trinken. Das Hotel ist ein »5-Sterne-Ding« im Zentrum von Buenos Aires. Hier bin ich zum ersten Mal in meinem Leben. Als »Berglerbub« aus der SO-Steiermark bin ich sowas nicht wirklich gewohnt.

Wenn Du nicht weißt, was ein »Berglerbub« ist, lies es bitte nicht beim Heimatdichter aus Riegersburg nach.

Die alten Nazis und deren Verlage wollen wir nicht fördern. Frag mich oder ein paar alte Bauern oder »Bergler«.

Um 13 Uhr werde ich abgeholt und ins Aufschlagwerk gefahren.

Es folgt das Kennenlernen von Veronica und Juan. Das sind die ersten Menschen außer der Concierge, welche

Englisch sprechen. Gut, wir besprechen die Vorgehensweise und besuchen zwei Standorte.

Beim ersten, Los Cardales, gibt es drei Bodenhaltungsställe und sechs mit Käfighaltung; die für den Standard kompatiblen sind leer. Die Käfighaltung wird im kommenden Jahr beendet werden. Gut, kommt so in den Bericht. Beim zweiten Standort, Capilla del Senor, sind es vier Stallungen. Überall Hennen. Es hat 39 Grad. Ein ziemlicher Sprung von den Minusgraden daheim. Und wie lange habe ich schon nicht geschlafen? Zu dem Zeitpunkt waren es 30 Stunden.

Wurscht, sage ich mir, bin ja noch jung. Hinein in die Ställe und vermessen. Grundsätzlich gut. Gute Luft. Kein Überbesatz. Was ist denn das? Nur Hühnerscheiße in den Futtertrögen. In einer Reihe ca. 120 Rundfutterautomaten ohne Futter.

Ok, der Motor für die Futteranlieferung ist am Vortag eingegangen. Es gab ein Gewitter. Da sollte man eventuell manuell die Becher befüllen, bis der Motor repariert ist. Vor allem habt ihr heute Kontrolle! Noch was: Die Eier werden nicht geprintet. Es gibt eine Ausnahme, nämlich wenn sie bepinselt werden. Und wo ist die Farbe? Nun die ist ausgegangen.

Es wird ein bisschen verspannt, das Ganze.

Das trifft sich aber gut beim Audit. Ja, ist blöd.

Ok, wir haben zwei gröbere Mängel.

Aber die Hühner sind schön. Es gibt wenige Tiere pro Quadratmeter. Gefühlt würde ich sagen, fünf bis sechs Tiere pro Quadratmeter. In der Biohaltung sind sogar sechs oder sieben erlaubt, je nach Auslegung.

Wenn Du es wissen willst: In Österreich sieben Hennen pro m², in der restlichen EU sechs, denn wir sind ja so streng in Österreich (oder bloß streng mit den Hühnern). Die im Ausland dürfen nämlich alles (sagen ja alle).

Und in Argentinien. Eine gute Stalleinrichtung, alles Einzellegenester und auch davon mehr als genug, weil kaum Eier am Boden liegen.

Beim Berechnen des genauen Stallbesatzes waren es nicht mal fünf Tiere pro m². Den Tieren geht es gut. Es ist Abend. Wir fahren zurück.

Wir reden übers Geschäft, über die Branche, über die Agrarpolitik, über Argentinien, die spezielle Kultur hier. Wir reden über den Tango, die Bingohallen, über Gabriela Sabatini – ist untergetaucht und vermutlich lesbisch. Über Maradona – nein, über den reden wir nicht, über Mercedes Sosa, Leon Gieco, Pablo Milanes, Astor Piazzolla, Jorge Luis Borges ... Der Austriaco (bin kein Gringo!!) kennt »La Voz America Latina« und ja, das mit den Malvinas weiß er auch und vieles mehr.

Dann reicht es Juan: »Wenn Dich das alles so interessiert, warum hängst Du nicht ein paar Tage an für Vacaciones, che?«

»Du bist gut, das war mit dem Eipulverimporteur nach Austria nicht koordinierbar. Ich hätte für den Rückflug um die 1300 Euro aus eigener Tasche aufbringen müssen.« Juan meint (sinngemäß): »So ein Blödsinn.« Er schaut sich das an.

Aber der Tag ist noch nicht zu Ende. Jetzt machen wir noch Abendessen. Juan zeigt mir vorher noch den Rio de la Plata.

Nun bin ich zum ersten Mal froh, hier zu sein. Es ist nicht das einzige Mal.

Die argentinischen Steaks sind die besten der Welt. Was die charakterlichen Stärken von Juan betrifft, kann man sagen, dass er mehr auf der lebensbejahenden Seite steht. Er erzählt mir von seiner Arbeit, seinen Verhandlungen mit den Russen, den Japanern und Chinesen.

Er meint, dass ich ihn zwar nicht beim Essen, aber beim Trinken an die Russen erinnere. Ich erkläre ihm, dass die Freiheit Österreichs nach dem Zweiten Weltkrieg ausschließlich auf die Trinkfestigkeit einer unserer damaligen Außenpolitiker zurückzuführen sei. (Vor kurzem las ich, dass es eine Initiative gäbe, welche ihn vom Papst heiligsprechen lassen will).

Wie auch immer, ich hielt es für angebracht, ausgiebig darauf hinzuweisen, dass die Pflege und der Erhalt dieser Tugend für uns Österreicher von großer nationaler Bedeutung und ein wesentlicher Teil unserer Identität sei.

Was den Alkoholkonsum betrifft, zählen wir jedes Jahr zu den Besten weltweit. Irgendein Herrscher soll gesagt haben: »Andere mögen führen Kriege, Tu felix Austria bebe!« Das alles wusste Juan nicht.

Nach einigen weiteren Erörterungen über die Ausprägungen hedonistischer Lebensweisen diesseits und jenseits des Atlantiks seinerseits und meinerseits ging es dann kurz nach Mitternacht ins Bett.

Juan konnte meinen Ausführungen (steirischem Englisch, gepaart mit lateinischen Vokabeln und italienischen Kraftausdrücken) vermutlich nicht mehr in allen Details folgen.

Unter uns: Nach ca. 40 Stunden auf den Beinen, nur

unterbrochen von zwei Stunden Relaxen am Vormittag nach der Ankunft, war mir etwas Schlaf recht.

Zum zweiten Tag: (kleine Anmerkung: Dieser ist etwas kürzer).

Immerhin hatte ich vier Stunden Schlaf. Der erste Standort ist »Capitan Sarmiento«. Fünf Ställe gibt es dort, vier davon sind besetzt mit Hennen im Alter von drei Wochen. Es gibt nicht viel zu tun. Für diese Altersgruppe gibt es keine Vorgaben. Fotos werden gemacht.

Das Impfprogramm, die Krankheiten, die Milbensache, die Fütterung u.v.m. werden besprochen. Der Schlaf hat mir doch gutgetan.

Ich bin aufnahmefähig. Weiter zu Standort »Lima 2«. Ein Stall, geteilt in zwei Herden. Die Hennen tun, was sie können (Eier legen). Die Eier werden mit Farbe besprüht, damit sie nicht mit Käfigware verwechselt werden.

In den beiden Ställen gibt es etwas zu wenig Futtertröge und Tränken. Auch zu wenig Sitzstangen. Es sind kaum Diskussionen notwendig.

Das sind eben die Richtlinien. Die Bewertung der Sinnhaftigkeit, liegt nicht in meinem Bereich.

Gleich drauf gibt es die Info von Juan: Ich kann am 13. oder 20. Jänner zurückfliegen. Das geht aber flott. Ich wollte nur um eine Woche verlängern. Mit dem 13. wären es 14 Tage länger. »Well, I think about the 13th …«, sage ich und will noch ausdrücken, dass ich mir das bis morgen überlege. Ich möchte schauen, ob ich so lange wegbleiben kann. Dazu müsste ich nach Österreich telefonieren.

Natürlich hat Juan keine Zeit für meine Überlegungen.

Nach »the 13th« höre ich von ihm ein »Gracias« und schon war er wieder weg.

Das ist jetzt also entschieden … Die Hoffnung, dass es irgendwo auf der Welt einen Platz gibt, wo ich Raum habe zum Nachdenken über eine Frage und Zeit zum Antworten. Diese Wunschvorstellung, sie wurde auch hier beendet.

Wie war es wohl, bevor sich Raum und Zeit entwickelt haben? Vor Kronos (Zeit) und Rhea (Raum). Lange vor Adam und Eva oder den späteren olympischen Göttern. Ich glaube, als Zeit und Raum noch fest umschlungen waren, war das leichter für mich. Entschuldige bitte, mir kommt hier alles Spanisch vor, und wenn ich in die Weite der Pampa blicke, fallen mir derlei Dinge ein.

Wir sind noch unterwegs zu »Lima 4«. Drei Ställe gibt es dort, wovon zwei leer sind.

Im dritten sind Junghennen im Alter von 14 Wochen, welche gerade geimpft werden. Die ersten zwei Ställe sind schon eingestreut.

Die Futter- und Tränkelinien sind auf der Decke (hochgezogen). Also, hier wird bald eingestallt. Ich nehme auf, was ich sehe (Stallfläche bzw. Futter und Tränken).

Dann machen wir das Abschlussgespräch. Ich erkläre Veronica, dass wir bei »Capilla del Senor« und »Lima 2« jeweils zwei Sanktionen einleiten müssen, wo lt. Richtlinien eine Zusatzkontrolle nach der Verbesserung der Mängel in der Haltung zu erfolgen hat.

Wir legen, da ich nun 14 Tage länger bleibe, den 12. Jänner als Termin für die Zusatzkontrolle fest.

Das alles hätte im Vorhinein besser organisiert werden

können. Die Kontrollen bei den Ställen, die weit voneinander entfernt liegen (über 100 km auf teilweise schlechten Straßen), sind nicht innerhalb von fünf Minuten durchführbar.

Das haben wir nicht besprochen. Ein sonderbarer Mensch mit sonderbaren Vorstellungen ist dieser Austriaco.

3. Tag

Wieder Abholung vom Hotel. Diesmal schon um 7.30 Uhr. Die Kontrolle im Aufschlagwerk ist unspektakulär. Da geht es um Rückverfolgungen. Es gibt auch im konventionellen Bereich diese Kontrollen, damit man bei fehlerhaften Produkten weiß, von welchen Hühnern die Eier verarbeitet wurden. So kann man bei einem Mangel die Ursache und den Zeitraum der mangelhaften Produktion eingrenzen. Es dauert bis 15 Uhr.

Zurück im Hotel, ging es darum, die nächsten Tage zu planen. Die liebe Veronica tauscht mir 200 Euro in Pesos um, was sich noch als wichtig herausstellen soll.

Mar del Plata sei zwar teuer und überfüllt, aber eine der schönsten Städte mit einer wunderbaren Küste. Das waren die Worte von Juan, Veronica, Sebastian und einigen Leuten in Argentinien; ich sollte den Flieger nehmen.

Von den Platzkämpfen im Quadratmilli(mikro)-meterbereich auf den Sessellehnen und anderen zum Verweilen zugewiesenen Plätzen habe ich vorerst genug und versuche, auf eigene Faust ein ruhiges Hotel die Reise dorthin zu organisieren.

Das Hotel nennt sich »Coliseo«, hat nur zwei Sterne, kostet trotzdem für sechs Nächte 420 Euro (das ist viel für zwei Sterne), aber es war sonst nichts zu finden. Was soll's, ein Quartier brauche ich einfach.

Nun geht es zur Anreise, es sind 400 km Richtung Süden. In Argentinien ist das nicht viel. Vero, die eigentlich Cecilia heißt (in der Firma gibt aber noch eine andere Cecilia, deshalb heißt sie Veronica, genannt »Vero«), meint, wenn ich nicht fliegen will, muss ich einen der Busse nehmen. Die seien übers Internet buchbar.

Ok, dann probiere ich das. Aber viele freie Plätze gibt es nicht, stelle ich fest.

Nach vier bis fünf vergeblichen Versuchen bei verschiedenen Linien wie Flecha, Rapido del Sur, Plusmar und ein paar anderen gebe ich es auf. Ich sehe aber, dass der Busbahnhof in der Nähe meines bisherigen Quartiers liegt. Da gibt es auch einen richtigen Bahnhof mit Zugverbindungen, ebenfalls nach Mar del Plata. Aber alles ausverkauft. Na gut, dann zu den Bussen. Es gibt ca. 100 Gesellschaften, die Fahrten in alle Städte Südamerikas anbieten. Da tut sich was.

Also durchfragen, was nicht so einfach ist, weil dort niemand Englisch spricht wie im Hotel oder bei Veronica und Juan. Es gibt eine Verbindung und ich schlage zu. Um 20 Uhr ist Abfahrt bei einer der Rampen mit Nummern zwischen 50 und 80.

Es soll durchgesagt werden und ich bin ca. um Mitternacht in Mar del Plata.

Ein bisschen habe ich ja dank »Googletranslator« hinbekommen. Von dem Busterminal ins Hotel sind es lt. »Googlemaps« noch um die 15 km. So weit gehe ich nicht um Mitternacht mit dem Gepäck.

Vielleicht holt mich jemand vom Hotel ab. Von diesem erhalte ich die Mitteilung (auf Spanisch!), dass ich den Bus nehmen könne. Nach Mitternacht fährt ein Bus in einen Vorort von Mar del Plata – das glaube ich sicherlich! Aber zuerst sollte ich einmal überhaupt dorthin kommen.

4. Tag (30.12.2017)

Normalerweise würde ich am Abend heimfliegen, aber, das wird jetzt anders sein. Am Nachmittag gehe ich zu einem Naturpark am Ufer des Rio de la Plata. Das ist ziemlich schön und ich denke, dass es vielleicht doch gut ist, mir die Zeit zu gönnen. Dann gehe ich zurück zum Hotel, hole mein Gepäck und begebe mich zum Busterminal.

Sicherheitshalber bin ich um 18 Uhr dort, denn wer weiß, wo ich sonst herumirre. Vielleicht beginne ich die Durchsagen zu verstehen, wenn ich sie öfter höre.

Das mit dem Verstehen klappt nicht, aber ich entdecke einen Monitor, wo die Linien und die Abfahrten zu sehen sind. Zwar nicht so wie am Flughafen, aber mal war Tucuman zu lesen mit einer Uhrzeit dazu und dann habe auch ich geschnallt, worum es geht:

Das eine bezeichnet die Abfahrt, das andere die Ankunft. Das wird schon gehen. Nun kommen die 20-Uhr-Abfahrten mit den Städten Cordoba, Mendoza, Rosario, dann die 20.30-Uhr-Abfahrten. Aber Mar del Plata ist nicht dabei. Die Umstehenden können kein Englisch.

Es ist schon fünf Minuten vor acht.

Ich habe jemanden gebeten, mein Gepäck nicht mit seinem zu verwechseln und evtl. darauf zu achten, dass es auch sonst niemand tue, denn darin seien wichtige Kontrollunterlagen (molto importantas docomentas, das ist zwar mehr Italienisch und nicht Spanisch, aber eben mein Kauderwelsch vor Ort). Er versteht mich sicher.

Ich renne zum Schalter, wo sie mir das Busticket verkauft haben, und ärgere mich die Tasche nicht mitgenommen zu haben. Was mache ich, wenn er mich nachher fragt, was mir meine »importantas documentas« denn wert wären.

Es gibt eine Verzögerung von ca. einer Stunde. Ok, alles im Plan, alles gut. Das Gepäck ist noch da. Der Argentinier ist ein anständiger Kerl.

Es vergeht eine Stunde, ohne dass sich bezüglich des Busses von dieser Linie etwas tut. Von den anderen Linien fuhren auch einige nach Mar del Plata gefahren und ich bin ein bisschen verspannt. Noch einmal zum Schalter.

Dort sitzt nun jemand anders, er erklärt mir, dass der Bus um acht Uhr schon längst weg sei, was ich jetzt um neun Uhr noch hier wolle. Er unterstreicht mit Bleistift die Abfahrtszeit von 20 Uhr nochmals am Ticket für mich dummen Austriaco (bin ja nicht mal ein Gringo) und nennt mich: »Pelotudo!« Das ist kein nettes Wort. Soviel Spanisch versteh ich.

Jo, Du …! Da schießt mir dann doch ein bisschen Farbe ins Gesicht, worauf er sich nach Hilfe umschaut. Es beschäftigen sich nun ein paar Leute mit mir. Die Argentinier helfen grundsätzlich gern. Einer nimmt mich (mit festem Griff) an die Hand und führt mich zu einem Bus – mit der richtigen Busgesellschaft!!!

Mir wird ein Platz zugewiesen, so groß wie drei Sitzplätze im Flugzeug. Die Klimaanlage ist so stark, dass ich bei den 30 Grad um 9 Uhr am Abend nach einer Stunde ziemlich fröstle.

Aber ich bin im Bus und wahrscheinlich oder hoffentlich auch unterwegs zu dem Ort, wo ich hinwill.

Dann tatsächlich: Ich komme in Mar del Plata an – Yes!

Es ist etwa halb drei am Morgen. Jetzt wäre es nicht schlecht, wenn ich ins Hotel käme. Bei den Mitreisenden konnte ich mit meinem Englisch (oder Italienisch-Kauderwelsch) nicht punkten.

Auf dem Busterminal werden die letzten Reisenden abgeholt und – naja, ein Bus scheint keiner zu diesem Hotel zu fahren und eine Strecke, für die man mit dem Auto lt. Googlemaps 45 min braucht, zu Fuß mit ziemlichem Gepäck in Angriff zu nehmen, ist nicht das, was ich zu dem Zeitpunkt gerne will. Plötzlich fährt ein Taxi eine Runde. Ich zeige dem Fahrer den Zettel mit der Adresse. Er deutet, das wäre eher weiter weg.

Was soll ich sagen … Stell Dir vor, der Fahrer gibt mir Zeit zum Nachdenken. Er kann es kaum glauben. Will dieser Gringo um drei Uhr früh wirklich eine ganze Stunde mit dem Taxi herumfahren. Wäre ich nicht so zurückhaltend, würde ich ihn umarmen. Ich gebe ihm zu verstehen, dass es wohl so sei.

Um 4 Uhr morgens komme ich im Hotel an. Den Besitzer läute ich aus dem Bett …

5. Tag (31.12.2017)

Stehe um neun auf. Trinke Kaffee. Das Gebäck, das man in Argentinien zu jedem Frühstück bekommt ist ein kleines mit Zucker glaciertes Croissant, genannt »Medialuna«.

Sie haben eine gute Küche, aber an den Kaffee muss man sich gewöhnen. Bin dann auf Erkundigungstour gegangen.

Nach ein bisschen Durchfragen und mich Herumführen lassen, lande ich bei der Frau vom Metzger.

Das ist eine New Yorkerin, die als US-Amerikanerin sogar Österreich kennt und sich in den nächsten Tagen als große Hilfe erweist.

Sie kennt ein Tourist-Office in Mar del Plata. Auch kann sie mir sagen, wie ich dort hinkomme. Sie würde ich am liebsten umarmen, aber Du hast richtig gelesen: Es ist die Frau vom Metzger. Der hat schöne Messer. Eines davon hat er immer in der Hand. Ein netter Mensch.

Da der Strand nur fünf Minuten entfernt ist, verbringe ich den letzten Tag des Jahres dort und schaue, was hier am Abend los sein wird. Ich beschließe, erst am nächsten Tag das Office aufzusuchen. Der Strand lässt mich einfach nicht los. Kilometerlang ein Sandstrand ohne Menschen. Verbringe dort Silvester. Ein Lokal gibt es, aber die Leute sind unfreundlich.

Gott sei Dank waren einmal welche muffig (wegen dem Heimweh, weißt eh. Als Österreicher fehlt dir das Grantige bald einmal).

Beruhigt und zufrieden büsle ich um 23 Uhr Ortszeit aufgrund vom Schlafmangel der letzten Tage ein.

Neujahrstag (zugleich 6. Tag)

Schließe die letzten Berichte ab. Maile die Sanktionen der Veronica und versuche, die Berichte in die Wolke (Cloud) einzuchecken, was nicht klappt wegen Internetproblemen. Dann auf ins Tourist-Office und dort nach Informationen für den Spanischkurs suchen, denn ohne mehr Grundkenntnisse Spanisch komme ich hier nicht weiter.

Mir wird eine gewisse Paula genannt, die sogar Deutsch kann, aber in einem anderen Tourist-Office in der Stadt arbeitet. Gehe dann dorthin, dort ist geschlossen. Aber morgen ist auch noch ein Tag und der Neujahrstag an sich war super. Das Zentrum von Mar del Plata ist rund um die Uhr mit einem Bus für 10 Pesos (40 Cent) für eine Fahrt von 45 min super zu erreichen.

Die Stadt ist voll von Gauklern, Artisten und allen möglichen Straßenkünstlern und es ist Sommer mit ca. 30 Grad.

Die Leute sind, bis auf die »Silvester – Wirtin«, ziemlich angenehm. Da ich in der ersten Woche ein Hotel in der Abgeschiedenheit habe, checke ich gleich die Unterkunft für die zweite Woche eher im Zentrum und zahle zur Sicherheit eine Nacht im Voraus. Zurück im Hotel meldet sich schon die Spanischlehrerin.

Das scheint was zu werden. Alles super. Ich habe jedoch nur noch ein paar Pesos und muss schauen, dass ich bald mit der Kreditkarte zu Geld komme.

7. Tag (2.1.2018)

Das mit Vero gewechselte Geld ist alle und die Bank am Hauptplatz rückt nichts raus. VISA wird akzeptiert, Mastercard nicht und ich habe nur eine Mastercard. Nun beginne ich, im Internet zu recherchieren, wie das Geldabheben in Argentinien funktioniert.

Wer es nicht weiß: Argentinien ist immer wieder bankrott und dann gibt es Streit mit Gläubigerbanken. Es werden kaum Devisen ins Land gelassen und eine Kreditkartengebühr gibt es auch.

Jedenfalls sollte man nur kleine Beträge abheben. Allerdings muss man eine ziemliche Gebühr zahlen. Unter der Hand bekomme ich ein paar Adressen von Leuten, die privat gern ein paar Dollars (wenn ich Glück habe, auch Euros) gegen Pesos tauschen.

Da ich nur 300 Euro Bares mitgenommen habe, die schon verprasst sind, ist das keine gute Perspektive für die nächsten 14 Tage. Die 100 Notfalldollars habe ich noch, aber ein Notfall ist es noch nicht.

Vero und Juan haben angeboten, dass ich mich an sie wenden kann, wenn alle Stricke reißen, wenn ich in der Patsche sitze. Naja, die nächsten zwei, drei Tage werde ich noch schaffen.

Außerdem sehe ich heute Laura (mia professora Español), die mir Paula vom Tourist-Office vermittelt hat. Paula, hieß es, kann Deutsch.

Überprüfen kann das dort niemand und ich werde auch nichts dazu sagen, denn es hat ja niemand etwas davon. Eben. Seien wir froh, dass sie eine Arbeit hat, und sie war freundlich. Es kann auch an meinem südoststeirischen Unterton gelegen haben, dass sie mich nicht wirklich verstand.

Laura (die von Paula vermittelte Spanischlehrerin) kennt noch weitere Banken. Bei der Banca Provencial, Banca Patagonia und der Banca Nacional und einer weiteren, deren Namen ich nicht mehr weiß, gab's mit Mastercard kein Geld. Der Schalterbeamte von Nacional meinte, Santander akzeptiere vielleicht Mastercard. Gut, dann zu Santander.

Es ist schon ein gutes Gefühl, wenn beim fünften Versuch Scheinchens kommen. Der Höchstbetrag war 1200 Pesos (50 Euro) mit 200 Pesos Gebühr.

Zumindest der Spanischkurs lässt sich mit E-Banking begleichen. Die Laura ist eine Scharfe. Fünf Einheiten wurden fixiert. Eine dauert durchgehend vier Stunden.

Wir haben nicht viel Zeit. Somit ist ihr Motto: Gib's ihm, dem Joseph.

Mal die Zahlen, dann die reflexiven Verben, Artikel und Substantive, dann die Ausnahmen bei den Artikeln.

8. Tag

Am Vormittag am Strand Spanisch lernen, am Nachmittag in Lauras Sadomaso-Bude – so erscheint mir ihr Apartment.

Am Abend den Tangotänzern, Sängern, Gauklern in den Fußgängerzonen zuschauen. Zurück in Playa Serena, das ist der Ortsteil mit dem Super-Strand, und noch ans Meer. Mit dem Chef der Pension eine »Cerveza bebere«. Es ist nicht schlecht, so ein Leben.

9. Tag

Lauras Kammer hat jetzt 3 Tage Pause. Somit kann ich ein bisschen üben und merke, dass die Wörter von den Einheimischen schon leichter verstehbar werden.

Verständigen geht schon ein wenig.

Von der Mate-Trinkkultur habe ich auch schon etwas begriffen. In Lokalen gibt es keinen Mate, aber man sieht die Leute sonst oft Mate trinken: im Park, im Bus, im Wartebereich bei den Bussen. Vero steckte mir, dass sie einen Liter bereits am Vormittag trinkt.

Wobei, Vero hat mir ein gutes neues Jahr gewünscht und seitdem ist da eher nix mehr an Kontakt. Gott sei Dank bin ich mit Juan per Mail noch in Verbindung (wir hätten ja die Zusatzkontrolle), und ich will nicht wieder mit dem

Bus nach Buenos Aires, sondern hätte es diesmal gern etwas entspannter.

Später erfahre ich, dass Veros Handy sich nicht mehr in ihrem Eigentum befindet. Der Kontakt mit Juan war auch eher einbahnmäßig.

Ich schreibe, wenn ich Internet habe, und er antwortet, nicht, auch wenn er Internet hat. Er ist eher der Nachrichtenleser und ist beruhigt, wenn ich mich immer wieder melde, wie er mir beim Nachaudit erzählt.

10. und 11. Tag (5. und 6. Jänner)

Diese beiden Tage sind ruhig und entspannt, wobei ich das neue Hotel im Zentrum von Mar del Plata bezogen hab. Am Freitagnachmittag will ich ein Ticket per Zug nach Buenos Aires für den 11. Jänner buchen, aber das ging nicht mit Mastercard (Solo Visa!!!!). Auf dem Weg finde ich ein nettes Lokal. Dort ist Tangoabend, wo ich dabei sein darf. Raul Dumpier, die »Stimme des Tangos«, tritt auf. Er begrüßt mich extra und ich darf ins Mikro sagen, dass ich ein Austriaco bin.

Also, der Abend, der ist schon was ... Abgesehen davon, dass neben bereits erwähntem Raul noch 6 bis 7 Sängerinnen und Sänger auftreten. Das Ganze dauert um die 5 Stunden.

Und es ist eine recht eingeschworene Runde aus eher älteren, so 60plus, garniert mit ein paar jungen schönen

Menschen, und dieser Abend zählt zu einem meiner wertvollsten Erlebnisse meines Lebens.

Die Musik ist schön. Manchmal wirkt dort alles, nicht nur die Musik, auch das Gehabe der Leute und überhaupt die gesamte Kultur der Menschen auf mich so erhaben veraltet. Man legt Wert auf steife Gesten. Die Menschen sind selbstbewusst und stolz auf ihre pathetischen, melancholischen Gefühle. Sogar die auf der Straße lebenden Bettler sind nicht unterwürfig. Ich gebe lieber was, wenn jemand sitzt und die Hand ausstreckt, als wenn mich jemand auf den Knien anjammert.

Ich habe bisweilen das ungewisse Gefühl, dass sie mir mehr helfen können, als ich ihnen. Es ist eher so ein Energieaustausch. Ich darf was geben, ein bisschen reden und mich dann besser fühlen.

Zum Abschluss noch zu einer Episode an diesem Abend. Vorab möchte ich aber sagen: In diesem Land ist Diebstahl verpönt. Ich habe in einem Tankstellen-Café meinen Kugelschreiber liegengelassen.

War schon ausgeschrieben und ich wollte ihn vergessen. Ich war schon auf der anderen Straßenseite, als er mir nachgetragen wurde.

Nun aber zur Episode an diesem Abend: Die Einzelpersonen oder Pärchen sitzen an kleinen Tischen, an großen Tischen die größeren Grüppchen. Hinter mir ist eine ältere Frau und noch weiter hinter mir ein Mann so um Mitte 30.

Während eines Tangos macht der Inhaber des Lokals mit seinen Kellnern einen gewaltigen Radau. Sie zwingen die

Musiker aufzuhören, schnappen den Mann und werfen ihn aber sowas von hochkantig raus. Er hatte die Tasche einer alten Frau geschnappt und wollte sie berauben.

Eine derartige selbstverständliche Zivilcourage, ein Auf-den-anderen-Schauen ist so ungewöhnlich für mich als Europäer, dort aber anscheinend selbstverständlich.

Dieses bei uns so häufige »Nicht-einmischen-Wollen«, das, wenn man's bei uns tut, leider oft nach hinten losgeht, das gibt es dort nicht. Ich habe es jedenfalls so erlebt, dass wo auch immer couragiertes Auftreten (es gab ein paar derartige Beobachtungen meinerseits) nötig war, die Leute es gemacht haben.

Nachdem ich die Zusatzkontrollen fertig habe und auch keine Scheiße mehr in den Futtertrögen ist, geht's zurück nach Europa.

Argentinien hat schon eine besondere Kultur und zwei Jahre später war es dann wieder so weit …

Argentinien
(Teil 2)

Es handelt sich immer um die letzten Kontrollen im Jahr und um diese Zeit neigt man bisweilen doch dazu, ein bisschen zu bilanzieren. Und es ist ziemlich belanglos, ob Du von Frankfurt, Paris oder Madrid fliegst. Der Flug dauert 14 bis 15 Stunden und die Gedanken beginnen sich verlieren. Da ich technischen Fortbewegungsmitteln aus familiären Gründen etwas reserviert gegenüberstehe – mein Vater hatte schon einen Traktor und ich bin auch ab und zu damit gefahren.

Mein Großvater beispielsweise, wenn er oben saß, wurde recht unruhig, wenn ich das ihm vertraute Tempo von Ochsenkarren überschritt. Wie auch immer, jetzt beginne auch ich ... nein, nicht nervös zu werden. Flugangst habe ich keine, denn sobald dieses Ding vom Boden abgehoben hat, ist auch das Gefühl des »Immer-schneller-Rasens« weg. Ich habe eher so eine »Startangst«. Landen ist besser, weil da bremst es ja. Manche mögen das gerne, wenn es immer schneller wird, man schneller macht und dann ..... Ich mag es auch gern (bin ja kein katholischer Pfarrer). Für mich ist nur der Geschwindigkeitsrausch einfach keiner.

Das entstehende Gefühl des Schwebens, sobald man in der Luft ist, ist mir sympathischer.

Dabei verfalle ich ins Sinnieren, Brüten- die Gedanken fliegen, verfliegen sich und landen an Plätzen der näheren oder auch ferneren Vergangenheit.

Denn übers Jahr gesehen waren es doch einige Länder,

in denen ich kontrolliert habe. Deutschland, Niederlande, Schweiz, Italien, Slowenien, Griechenland und Ungarn zusätzlich zu Österreich, wobei mir eine gute russische Bekannte, welche in jungen Jahren in Wien studiert hat, einmal erklärt hat, dass ich in dem kleinen Österreich diese Vielfalt eh haben. Wenn wir nur an die Sprache denken. In Russland redet man von St. Petersburg bis ans Schwarze Meer oder bis nach Wladiwostok Russisch.

In Österreich verstehst Du, auch wenn Du gut Deutsch kannst, die Menschen 50 km außerhalb von Wien schon nicht mehr. Und Wien ist schon nicht einfach zu verstehen.

Wegen der Abwechslung im Kontrollalltag würde es das Ausland nicht brauchen. Die Reise geht mit dem Bus nach Wien, dann nach Paris und von dort nach Buenos Aires, was eigentlich »Gute Winde« bedeutet. »Gute Winde« beim Reisen kommen ja manchmal … Ach, besinnen wir uns auf das, was ein bisschen »Neid« entfachen könnte.

Ich weiß ja nicht genau, wie das in der »Agroinspecta« wirklich gesehen wird, aber in meinem Freundeskreis meinen schon viele, dass das schon nicht so schlecht ist, wenn nicht gar unverschämt, für das »Herumzigeunern« auch noch Geld zu verlangen. Zusätzlich nerve ich dann die Leute auch noch mit meinen blöden Fragen.

Vielleicht kennt noch jemand den Günther Nenning. Der war unter anderem ein »Club-2-Moderator« beim Österreichischen Fernsehen. Das war eine herrliche Sendung. Manchmal ließ mich mein Vater das anschauen (nur, wenn am nächsten Tag keine Schule war, natürlich nur dann). Meine Mutter war oft böse. Eltern sollten in der Kindererziehung nicht immer einer Meinung sein, das ist, sage ich aus Erfahrung, nicht nur lustiger, sondern einfach besser für die Kinder (Pädagogengeschwätz hin oder her).

Wegen dem Günther Nenning, der sich nie auf eine Sendung vorbereitet hat, weil dann würde er sich auskennen und nicht mehr blöd fragen. Wegen dem Günther Nenning bin ich vermutlich Kontrollor geworden und frage auch immer so lange so blöd, bis ich mich auskenne. Vor allem bei Mengenflüssen und Rückverfolgungen von z.B. Bioprodukten, bei denen nur gewisse zertifizierte Zutaten erlaubt sind, ist das für die Betriebe recht mühsam mit mir.

Das Losfliegen dauert und somit beschäftige ich mich, wie bereits erwähnt, mit Bilanzieren. Eine der ersten Kontrollen 2019 führte mich nach Deutschland, nach Bocking in Bayern, gleich unter Passau.

Wer Oberösterreich kennt, kennt Bayern. Kennst Du das Innviertel, kannst du Dir Bayern sparen. Im Vertrauen gesagt, in Oberösterreich tu ich mich am schwersten. Das war schon immer so.

Ursprünglich hatte ich ja nur Landwirtschaftskontrollen und ich weiß auch nicht warum und wie dieses gegenseitige »Auf-Schwierigmachen« entstanden ist, aber mir fällt jetzt, wenn ich meinen Gedanken Raum gebe, wieso das immer so verkrampft ist, ein Erlebnis von einem Geflügelbetrieb bei Windischgarsten ein, welcher einen »Egger-Lienz« in der Küche hängen hatte. Beim Hineinkommen in die Küche habe ich gleich einmal gesagt: »Da schau her.«

Aber die Bäuerin – ich war noch gar nicht beim Betrachten, von der Ferne habe ich es leicht gesehen – sagte sofort: »Is aber net echt.«

Ich weiß nicht, warum ich manchmal sehr direkt bin, und es war nicht böse gemeint, wirklich nicht. Jedenfalls habe ich mir gedacht: Bei einem echten »Egger-Lienz« in meiner Küche würde ich das auch sagen. Tja, und leider sagte ich auch genau das.

Die hat vorher ja schon bös geschaut, und ich habe dann gesagt, dass das ein Witz war. Nicht bös gemeint, habe ich nochmals wiederholt. Einfach ein Spaß.

Aber wenn Du einen Witz erklären musst oder irgendwie im Fettnapf (das war kein Näpfchen) schwimmst, solltest du einfach nichts mehr sagen, was aber nicht ging, weil es waren halt noch viele Checklisten-Fragen. Es begann gerade die Besprechung der Kombikontrollen mit der Partnerkontrollstelle. Vielleicht kennst Du das. Manchmal sind die Situationen so absurd, dass Du immer wieder lachen musst. Und die Bäuerin: »Was lachen's denn immer so?«

»Sie gefallen mir halt so gut«, hätte ich gern geantwortet, habe ich aber nicht. Aber es ist mir eingefallen und schon habe ich wieder gegrinst.

Was war ich froh, als ich draußen war. Ich weiß immer noch nicht, ob er, der Egger-Lienz, nicht doch echt war. Es war ein Ölbild und mit diesen kantigen Gesichtern und diesem traurig-sturen Blick in den Augen, wie halt bei einem echten Egger-Lienz, was den Nazis auch so gefallen hat. Er galt nicht als entartet, und da er schon tot war, konnte er sich nicht mehr dagegen wehren.

Das wirklich Schlimme nach all den Jahren ist, dass dieser vermeintliche Witz immer noch all die Kontrollen in Oberösterreich belastet. Hinfahren und eine Kontrolle machen, beginnend bei »Null« ohne Vorurteile, ist nicht mehr möglich.

Sie, die Bäuerin, hat sich über mich und mein Verhalten beschwert (ich sei ein Kommissar, wie bei der Polizei und frech auch noch), worauf ich für diesen Betrieb natürlich gesperrt wurde.

Dieses Vergehen bleibt jetzt bestehen, lastet wie ein Fluch auf all meine Kontrollen in Oberösterreich und quält mich, wann immer ich dort zu tun habe – mittlerweile schon zwei Jahrzehnte lang. Versuche, diesem zu entkommen, gab es, führten jedoch nur zu weiteren und viel größeren Fettnäpfen, in denen ich verhöhnt und erniedrigt wurde und laufend werde. Es ist wohl mein Schicksal, dieses Los bis zum Ende aller Tage mit mir zu tragen.

Gibt es ein geistliches, gibt es ein weltliches Gericht, das meine Reue bereit ist anzuerkennen und mich erlöst? Ich weiß es leider, es gibt nicht viele Fürsprecher auf meiner Seite, die ich anführen könnte. Und so wandere ich weiter … Entschuldigung.

Noch dazu mag ich die Bilder vom Egger-Lienz. Was soll ich machen? Bin ich in den Kontrollen zurückhaltend und höflich, gelte ich als der Möchtegern-Schnösel. Mache ich auf »hemdsärmelig«, sehe ich in den Gesichtern der Leute nur Abscheu im Blick: »Aus welchem Loch ist der den gekrochen?«

Das ist der sogenannte »Goldei-Blick« von der Eierpackstelle Goldei (hast sicher schon oft gehört), den sie, die Frau Goldei, aufsetzt, wenn z.B. vom »Eier-Fritz«(Den gibt es auch nicht) oder anderen praxisnahen Vertretern der südöstlich von Graz gelegenen, speziellen Ausprägung der dort häufig anzutreffenden, leicht an Hundegebell erinnernden Dialektvarietät die Rede ist.

Und ich sage nichts mehr, weil ich Kollegen und Vorgesetzte, ziemlich viele sogar, in Oberösterreich habe.

Ich sage nur, dass mit einem Firmenevent alle 10 Jahre in Oberösterreich sich so ein Karma nicht auflöst. Vielleicht hilft es alle fünf Jahre, ich weiß es nicht.

Es gibt ja die Psychologen und Therapeuten, die sagen, das muss man besprechen, benennen, hervorholen, nicht unter der Tuchent oder wo auch immer verstecken. Meine Exfrau war das alles (Psychologin und Psychotherapeutin) und die wollte das alles hervorholen. Ich bin nicht so.

Ich kann es Dir erklären. Denn wenn was versteckt ist, ist es versteckt und du siehst nicht, ob das jetzt groß, klein oder riesig ist (denk z.B. an die Eisberge im Meer).

Aber, wenn Du Pech hast, ist das Schwarze in deiner Seele so, dass Du dir denkst, hätte ich nur bloß nicht unter die Decke geschaut. Da graut's Dir dann vor Dir selbst, wo Du doch so ein guter Mensch sein willst. Die Therapeutin kann sagen, die Stunde ist um: »Schön, mit Ihnen zu plaudern. Wir sehen uns in 14 Tagen wieder.«

»Und …«

»Ja?« Du drehst dich um. »Alles Gute wünsche ich Ihnen«, sagt sie und du bist schon draußen bei der Tür.

14 Tage mit all dem Grauen in Dir. Gratuliere!

Warum erzähle ich das jetzt? Ich erzähle es, weil Oberösterreich nicht nur in Oberösterreich ist. Denk an Bayern, das deutsche Oberösterreich. Auch in Bayern mache ich meine Kontrollen und leide um nichts weniger.

In all den zäh dahinfließenden Jahren habe ich die Erkenntnis gewonnen, dass Bayern zu Oberösterreich gehört. Das Gesamte ist ein eigener Staat und man kann den gesamten Flachgau in Salzburg dazunehmen und den Tennengau meinetwegen auch.

Immerhin weiß ich, dass in Deutschland auch so gesehen wird. Denk nur an die Blicke von Merkel, wenn sie von den Journalisten zu ihren Gesprächen mit Seehofer, Söder oder Stoiber – erinnerst du Dich noch an Edmund Stoiber, den alten Sekteinkühler – usw. befragt wird. Da war sie nach dem Erdogan letztens total entspannt.

Aber es gibt eine Grenze, wo Oberösterreich beginnt. Eine alte Grenze ist das, seit der Antike.

Die Donau ist das, ja, die Donau, und ich nehme meistens die Fähre bei Wilhering, um sie zu überqueren. Da kannst Du Dir den Linzer Stau ersparen.

Brauchst »sicher« – der Erfahrene weiß, was ich mit den Anführungszeichen meine – eine halbe Stunde länger, aber Du passierst wirklich eine Grenze.

Und dadurch, dass Du auf die Fähre musst und plötzlich auf dem Wasser zwischen den beiden Ufern bist, hast Du ein von »Jetzt komm ich in ein anderes Land«.

Auf der anderen Seite gibt es direkt am Fluss ein Lokal, dass ich auf »keinen« Fall empfehlen kann, und dort siehst Du mich auch sicher »nie«.

Einmal, als ich wieder einmal nicht (brauche keine Anführungszeichen mehr, wenn Du es jetzt nicht begriffen hast, ist es für uns alle wirklich besser so), also nicht dort war und mich meiner allabendlichen Einsamkeit unterwegs gestellt habe, da habe ich gespürt, dass ich in Oberösterreich war.

Also, das Lokal gehört einem Südtiroler aber er redet fast nur Italienisch. Die Leute hören das dort gern, aber deswegen habe ich mich nicht in Oberösterreich gefühlt, den Südtiroler, die in österreichischen Bezirksstädten Italienisch reden müssen, gibt es öfter.

Verstehe ich ja, vor allem dort. Du bist am Wasser und dann nur Penne (aglio i olio), Vino rosso und dergleichen im Lokal. Da braucht der Südtiroler nicht einen auf »Tirol isch lei Oans« machen. Wozu waren die vielen Kriege? Da kann er schon ein wenig sein Schulitalienisch repetieren. Eben.

Aber warum war das jetzt Oberösterreich?

Es lag an etwas, das ich dort beobachtet habe.

Da es sozusagen ein italienisches Lokal ist, kannst Du dort eine ganz passable Pizza bestellen. Das machen auch viele. Also, ein junger Bursch kam rein und der Wirt erklärte ihm: »Musst zwei Minuten warten. Deine Pizza ist noch im Ofen«. (Natürlich war das so ein: »Scusi e due minuti, Signore …«)

Worauf er sich eine »halbe Bier« (ein Maß gibt es ja beim »Italiener« nicht) bestellt hat.

»Do hob i do guat Zeit fia a hoibe Bier.«

Dass die Pizza zuhause lauwarm war, daran war der Wirt natürlich schuld. Hätte er ihm halt a Maß geben. So schaut's aus.

Ich könnte beim nächsten Mal beim »Goldei«, wenn sie mich fragen, was ich trinken möchte einmal einen Pfiff Bier bestellen. Ich glaube, dann komme ich in die »Oberösterreichischen Nachrichten«. Jetzt wirst Du Dir denken, das ist ja nur mehr unlogisch. Einmal ist die Grenze am Pyrnpass, einmal in Suben, dann wieder ist es die Donau bei Wilhering und Ottensheim.

Du hast – ich will ehrlich sein – nicht viel begriffen!

Und Du solltest Dir das mit dem Weiterlesen dieser Geschichte wirklich überlegen.

Ich war jedenfalls im Frühjahr in Bayern auf Kontrolle. Vordergründig zeige ich das natürlich (das mit Oberösterreich und Bayern) nicht).

Das Qualitätsmanagement der Agroinspecta hat da schon gut geschult. Da mache ich keinen Fehler. Aber sie (die Bayern, nicht das QM) spüren natürlich, dass ich sie für Oberösterreicher halte.

So läuft es wie in Oberösterreich und wir sind alle froh, wenn das Audit vorbei ist. Ich überlege, ob es in OÖ einmal nicht in die Hosen ging. Ich glaube, nur beim »Fruchtsaftmachenkanner«, aber da ist das QM eigentlich in Lauterach (Vorarlberg) angesiedelt, sodass dort schon einiges abgefedert werden konnte.

Vorarlberg war bis auf den Herbert eigentlich immer gut. Dem war nicht zu erklären, was Biohühner brauchen. Jetzt hat den Betrieb schon sein Sohn Simon, aber ich bin dort lebenslänglich gesperrt.

Wenn Dir, als Betrieb ein Kontrollor zu lästig wird, kannst Du sagen, dass er Dich nicht anständig begrüßt hat. Oder alles Mögliche andere. Er hätte mit der Ehefrau, der Tochter, dem Hund, der Katze,… geschäkert, was weiß ich, oder Dir Hehlerei mit nachgemalten Egger-Lienz Ölbildern in der Küche unterstellt (such Dir was aus).

Dann kriegst im nächsten Jahr einen, der brav und artig

ist. Der ohne Manieren darf nicht mehr hin. So läuft's überall. Aber der Herbert ist ein eigener Fall. Jeder, der ihn kennt, sagt das.

Später im Sommer war ich dann in Düsseldorf auf Kontrolle. Das war ganz anders. Manchmal hat man es schön. In Tirol habe ich bei einem Betrieb ein Bild von Andreas Hofer hängen sehen, neben dem Herrgott. Da ist mir rausgerutscht: »Ah, der Sandwirt!«

»Wohl Du!«, hat der Bauer dann gesagt.

Da hatte ich schon gewonnen. Noch dazu AMA-Biosiegel-Kontrolle mit 83.542 Fragen (echt! – nicht gefühlt). Dem Gekreuzigten (hing daneben) musste ich dann keine Ehrerbietung mehr erweisen, was meiner linkslinken Gesinnung guttat. Wenn Du im Oberland dem Sandwirt Respekt zollst, kannst ruhig Atheist, Kommunist, Protestant oder auch Peronist oder beim Sendero Luminoso sein (das betrifft dann mich). Zeig einfach Respekt beim Hofer und wir sind gut.

Meistens im Frühjahr folgen dann Slowenien und Italien. Slowenien ist irgendwie ein Heimspiel, speziell die Stajerska (ehemalige Untersteiermark).

Damit wir uns richtig verstehen, das sind keine besseren Menschen als die Oberösterreicher. Auf keinen Fall. Das sind vielleicht sogar größere Schlitzohren.

Die haben selbst in der Kommunismus-Ära je nach Branche oft nur ein Drittel ihres Umsatzes angegeben. Wir haben bei uns viele Gäste aus Tirol und Vorarlberg, Deutsche (ja, auch ab und zu) und die fragen mich oft. Wie gibt's das bei euch?

Vieles ist so billig und den Betrieben scheint es trotzdem gut zu gehen. Ja, wie wohl?

Ich weiß bei denen jedenfalls mehr, woran ich bin. Ich spüre, wenn sie die Nerven verlieren, wenn sie mich verarschen. Das ist bei den Kärntnern auch nicht viel anders. Die sind die extravertierte Version des Südösterreichers. Die Steirer sind meiner Meinung nach mehr die introvertiertere Ausgabe, gleich verschlagen, aber beide Ausgaben sehr feinsinnig.

Der Handke kann das ganz gut beschreiben. Gibt viele Kärntner Autorinnen. Christine Lavant oder die große Ingeborg Bachmann. Der Glavinic, der Turrini … jaja viele.

Ich weiß, der Glavinic ist kein Kärntner, aber grad vorhin habe ich Dir schon erklärt, dass der Unterschied bei denen aus dem Süden nicht so groß ist.

Die Seele ist die gleiche, nur die Art und Weise, wie sie sich Dir offenbart, ist unterschiedlich. Südlich der Linie Graz-Klagenfurt sind's alle schon leichte »Jugos«. Ich kann das sagen.

Eine steirische Literaturnobelpreisträgerin gibt es auch, aber von der schreibe ich jetzt nichts, denn dann heißt es wieder »Chauvinist« und so. Hat sogar einmal einen Papst aus der heutigen Steiermark gegeben. War in Admont Abt, wobei das mit Abt – bin ich mir jetzt nicht sicher. Da sage ich genauso wenig, wer das war.

Soll jeder selber nachschauen. Mir ist es nicht wichtig. Beim steirischen Papst musst aber schon länger recherchieren und dann kannst gleich schauen, was er wirklich war, in Admont, und mir vielleicht bei Gelegenheit mitteilen.

Ich will das nicht immer »googeln«. Da kommen immer

so viele »Heiliginnen-Bildchen«. Also, die Katholiken, ich muss schon sagen …

Aber jetzt zum Thema: Durch diese speziellen Kontrollen gibt's viel im Ausland zu tun. Nicht nur ich, sondern viele Berufskollegen aber auch Freunde im privaten Umfeld fragen sich und mich, wie in diesen Projekten wohl die CO_2-Bilanz aussieht. Es ist wie mit dem Orangensaftkonzentrat.

Ein verarbeitetes Produkt, das wenig Platz braucht und haltbar ist, kann mit einem Frachter transportiert werden (Segelschiff wäre natürlich besser), was beim Orangensaftkonzentrat und beim Eipulver meiner bescheidenen Meinung nach zutrifft. Frischobst (z. B. Kiwis) kommen per Luftfracht.

In den neunziger Jahren, in meiner Studienzeit hat mir einer meiner Professoren erklärt, dass es im Leibnitzer Feld ideal wäre, Kiwis anzupflanzen. Durch das billige (unversteuerte) Kerosin sei es jedoch unwirtschaftlich, was ja immer noch so ist.

Aber ich habe bei mir natürlich Kiwis gepflanzt. Die große, nicht die kleine Bayernkiwi, falls Du Dich etwas auskennst.

Heuer hatte ich ein gutes Jahr. 50 kg bei einer Pflanze. Da wäre was drinnen. Aber sonst oft nichts (Spätfröste). Und immer noch nicht rentabel, weil Luftfracht.

Nun, was meine ich damit? Es ist wirklich sehr, sehr viel besser, einen Container Eipulver zu verladen als 1000 Container Soja.

Also, wenn Du es genau wissen willst, es sind 35 Millionen Tonnen (35.000.000 Tonnen) Soja, welche die EU jedes Jahr importiert.

Eipulver waren es 2019 um die 72 Tonnen. Das 500.000-fache an Soja importieren wir. Der Bedarf an südamerikanischem Soja in Europa ist schlimmer für das Weltklima als 50 Bolzonaros in Brasilien. Soja wird ja gefressen und kommt rückwärts als Scheiße raus. Wir könnten ja die Scheiße mit den leeren Containern wieder zurückbringen.

Geht leider nicht. Die Container sind schon belegt mit Maschinen (Motorsägen z. B. für das Holzschlägern). Nein, die Scheiße bleibt hier.

Es gibt veröffentlichte Bilanzen (CO_2, ökologischer Fußabdruck …) die mich richtig aggressiv machen könnten.

Gab mal eine in der »Zeitung für Leser«, wo die Bio-Landwirtschaft schlechter abschnitt als die konventionelle, weil das konventionelle Getreide mehr CO_2 bindet als das biologische.

Die haben den Zeitraum nach der letzten Düngung bzw. dem letzten PSM-Einsatz (Dritte Halmverkürzerspritzung) bis zur Abreifespritzung angeschaut (immerhin gewinnen in diesen drei oder vier Wochen im Jahr die konventionellen). Du denkst Dir vielleicht: Bitte in der »Zeitung für Leser« veröffentlicht?

Bitte, haben denn deren Leser keinen Anspruch auf einen PR-Artikel der EU-Agrar-Marketing-Austria? Haben die vielleicht nicht das gleiche Recht angelogen zu werden?

Die Leser der kleinen Zeitungen bekommen diese Artikel und, ja genau, aus »Gleichbehandlungsgründen« steht es allen zu. Da kann ich mich jetzt fast a bisserl aufregen.

Nicht ganz so einfach, wenn man sich alles in so einer

Ökobilanz anschaut, und ist da wirklich alles drin in deiner Bilanz?

Da wird fast so viel gelogen wie im Vatikan (weiß ich jetzt aber auch nicht, wieso mir da grad der Vatikan einfällt).

Europäische Agrarpolitik sorgt bei den Argentiniern mitunter für Kopfschütteln und bei der österreichischen ist es noch grauenhafter.

Vielleicht hat jemand mitbekommen, dass es heuer in Argentinien viel kühler ist und es auch viel mehr regnet (wir kommen schon ein bisschen zur Sache!).

Der venezolanische Taxifahrer hat mir erzählt, durch die vielen Brände in Australien (im Sommer 2019/20) – denk nach! Dort ist nämlich Sommer, wenn in Europa Winter ist), haben sie in Argentinien so viele Aschewolken, dass die Sonne nicht wie üblich durchkommt. In der letzten Dezemberwoche gab es in Mar del Plata kalten Wind und 15 bis 20 Grad.

Nun, meine Flüge und weiten Reisen haben, für sich betrachtet, keine gute Bilanz. Das weiß ich wohl (wird mir von österreichischen Bauernvertretern oft genug erklärt).

Eine weitere Auslandstour (nach der oberösterreichischen) war ein Betrieb (Stall und Aufschlagwerk) in Griechenland im April 2019.

Es gibt in diesem Standard teilweise sehr gute Haltungssysteme, welche das Tierwohl betreffen. Das trifft auf Griechenland zu und ebenso auf Argentinien.

Es liegt daran, dass die Farmer sehr nah bei den Tieren sind (Für Qualitätssicherungs-Auditoren das Paradies – oder die Hölle).

Meistens ist das ein Areal mit mehreren Stallgebäuden,

wo sich eine Großfamilie (ein Clan) um alles kümmert. Bewacht wird es von einem Hunderudel.

Im Umfeld gibt es Gemüseanbau (Dünger haben sie!) Und dies ist somit einer bäuerlichen Struktur nicht unähnlich. Man sieht teilweise, dass die Tiere trotz hohen Alters oft noch sehr gesund sind.

Ich glaube, bei dem Tierwohl oder Kindeswohl oder wo auch immer (z.B. Ehefrauen) sollte man bloß fragen: Magst Du Tiere, Kinder …? Dann beobachtet man den Betriebsführer, wie er durch den Stall geht, oder man isst einmal am Tisch mit der Familie und du weißt eigentlich schon alles und kannst dann sagen:

»Zusatzkontrolle oder Sperre und Behördenstrafe und Abnahme der Tiere oder der Kinder oder Ehefrau(en) – wenn Dir danach ist«.

Aber Sperre oder Abnahme gehen natürlich nicht, denn dann habe ich den nächsten »Herbert«, der sich über meine Manieren beschwert.

Mit dem Aufschlagwerk, das an der türkischen Grenze steht und mit einigem an EU-Fördermillionen aufgestellt wurde, ist es nicht ganz so perfekt. Hier beginnt die Hygiene, und wenn es dich interessiert, die Ökobilanz.

Der Eiertransport dorthin dauert ca. 7-8 Stunden. Luftfracht wäre schneller. Vielleicht machen sie das noch, wenn es wieder ein bisschen Geld für ein »Nachhaltigkeitsprojekt« von der EU gibt.

In Griechenland wird in erster Linie Eipulver für unseren Standard produziert.

Es gibt Leute, die dort super Deutsch können, aber manchmal ist es besser, sich mit dem Produktionsleiter zu verständigen, der nur Griechisch kann, weil er die Fragen besser versteht. Auch interessant.

Da ich vier Jahre Altgriechisch in meiner Gymnasialzeit hatte und sozusagen die ältesten europäischen Schriften und Dichter lernen musste, ist für mich Griechenland etwas Besonderes. Ein Tag Zeitausgleich, um zumindest durch die Altstadt Athens zu streifen und Relikte aus der Antike zu entdecken, ist schon ein angenehmer Kontrast zu den mitunter mühsamen Kontrollen. Das ist ein »Goody«.

Das will ich nicht bestreiten. Was ich aber anmerken möchte: Man ist in all der Zeit allein. 1 bis 2 Tage allein zu sein ist super. 1 bis 2 Wochen im Jahr geht auch. Bei 1 bis 2 Wochen im Monat, da bist dann schon viel allein. Da sitzt Du manchmal am Abend und es leistet dir die stille, schöne, leider etwas melancholische Freundin »Einsamkeit« Gesellschaft und stellt so persönliche Fragen, wie es wohl den Lieben zu Hause geht, und ob Du nicht gern bei Ihnen wärst. Schau besser nicht in den Nachthimmel. Der Große Bär ist kein Trost.

Auch wenn es in der Firma manchmal schwierig ist mit den Kollegen, so ist es doch fein, wenn man ein bisschen gemeinsam durch den Tag geht.

Ich sag's nur, wenn's Euch mal wieder nicht vertragen wollt's. Es ist einfach schön, wenn ein Vertrauter zum Streiten da ist.

Aber es geht um meine Kontrollen. Tut mir leid, die Gedanken hauen mir immer ab. Nach Griechenland war heuer Italien. Also, die Italiener haben die größten Volierenställe, die ich kenne. Das war mein Wissensstand bis ich nach Polen gekommen bin. Sie halten nicht viel von Bodenhaltung und das zeigen sie dir auch. Wie die Polen).

In der Poebene, nahe bei Ferrara, gibt es einen Stall mit sechs Ebenen und je 100.000 Legehennen. 600.000 Legehennen in einem Haus und Bodenhaltung. Daneben vier Gebäude mit jeweils 100.000 Legehennen in Käfighaltung.

Also, eine Hühnermillionenstadt. Wobei, Italiener arbeiten dort nicht. Der einzige Italiener ist der junge Betreuungstierarzt. Der alte ist psychisch nicht mehr so fit.

Zur Info: Dort wird nicht von uns kontrolliert. Da kontrollieren wir nur das dazugehörige Eipulverwerk.

Wir sind nur vorbeigefahren und Stefano hat mir davon erzählt. Wenn Du durch die Landschaft fährst, siehst Du ab und zu längliche Gebäude mit einem großen Silo davor.

Das schaut vielleicht sehr nach viel anorganischem Material auf wenig Fläche aus (Fabrik vielleicht). Es ist aber sehr viel an lebendiger organischer Masse darin. Und das Anorganische ist eher die Hülle. Vor allem, wenn dort wenig Autos stehen, ist es mehr Letzteres.

Ich versuche, es zu veranschaulichen. Also, die Grundfläche des großen Stallgebäudes braucht ca. 6000 m².

Das wäre z. B. ein Gebäude mit einer Länge von 100 m und einer Breite von 60 m. Eigentlich gar nicht mal so riesig, finde ich. So eine Henne hat ca. 2,3 kg. Wenn wir das jetzt auf uns Menschen umlegen wollen ...

Musst nicht weiterlesen, wenn Dir das zu viel zu werden beginnt. (Spring zum nächsten Absatz ... oder besser den übernächsten.) Umgelegt auf ein Tier der Gattung Homo sapiens würde es zwei Kubikmeter Luftraum pro Menschlein geben. Da würde es sein Leben verbringen mit

599.999 anderen. Jeder Mensch hat 2 m³ für sich. Habe ich Dir schon erzählt, dass die Tiere trotz wenig Licht und Beruhigungsmittelchens zum Kannibalismus neigen?

Ja, das tun sie.

Dann die Einrichtung: ein Bett (Sitzstange bei der Henne) braucht Platz. Fress- bzw. Trinkangebot sind auch vorgeben und natürlich ein Rückzugsort für das Gebären (Eierlegen). 60 bis 80 g hat dieses Ei-Ding und wird immer größer, je älter die Henne wird.

Legen wir das wieder auf das Menschlein um, dann wäre das ein Bröckerl von 2,8 kg, das jeden Tag durch den Analtrakt schlüpfen würde.

Und das ist keine Käfighaltung. Das ist die tiergerechtere Bodenhaltung, welche ca. 90 % der Legehennen auf der Welt nicht haben. In der Käfighaltung haben die Hennen so viel Platz wie das aufgeschlagene Buch in deiner Hand (Das legen wir jetzt nicht auf das Menschlein um).

Das Eierlegen erinnert mich ein bisschen an die Geburt meines Buben. Ich durfte ja dabei sein. Ein bis zweimal im Leben ist ok und schön und beglückend und beim Zuschauen tut Dir sowieso nichts weh.

Denn alles andere ist nämlich a Schmäh. Wenn da einer mit dem Gequatsche »Schatz, ich fühle mit Dir« usw. daherkommt, vergiss es. Nichts spürst Du. Genauso wenig, wie Du nichts spürst, wenn Dein Vater am Sterben ist.

Er stirbt, du willst ihm vielleicht Hydal, oder wie das Morphiumzeugs heißt, einflößen, aber sterben tut er und ihm tut alles weh und Dir tut gar nichts weh.

Ist er tot, stehst Du auf, bist vielleicht etwas bedrückt, aber dein Magen meldet sich. Du gehst was essen und wunderst Dich, wieso es Dir so gut schmeckt.

Entschuldige, mein Vater ist letztes Jahr gestorben. Bin etwas vom Thema abgewichen.

Du schaust Dir das Huhn dort an und spürst genauso viel oder wenig.

Also, die Henne schießt jeden Tag ein Ei aus ihrem Körper. Nun, sie wird bei einem guten Bauern mit den Grundbedürfnissen (Futter, Wasser) gut versorgt, aber das ist es dann schon.

Denn gescheit Nahrung aufnehmen muss das Tier schon, wie wäre diese Produktion sonst möglich. 5 kg an Trockensubstanz am Tag sind es umgelegt auf uns Menschen. Natürlich Eiweiß ganz oben.

Wenn ich von einer der wenigen glücklichen Hennen, die auf einem Hof mit 10 weiteren Hühnern und 1 Hahn leben, die Gackerei anhöre, nachdem sie ihr Ei gelegt haben, freue ich mich mit ihnen. Was die manchmal dabei für ein Theater machen. Ich weiß nicht, ob Du jetzt mehr Respekt vor diesem Tier hast.

Die Nicht-Italiener, die in den Ställen arbeiten, sind meist Inder. Die werden gern genommen, wegen der Seelenwanderung nämlich. Wenn Du Angst hast, im nächsten Leben so ein Huhn zu sein, dann bist du schon mal nett zu ihnen.

Schau Dir mal so eine Hühnerschar mit einem Hahn und 15 Hühnern an und beobachte sie. Jedes dieser Hühner ist anders, nicht nur vom Äußeren. Jedes Tier schaut anders aus. Aber was das Wesen, die Eigenheiten betrifft, ist der Unterschied noch viel größer.

All diese Tiere haben einen Charakter, freuen sich oder sind traurig. Es scheint alles, was wir empfinden,

empfinden sie auch. Hab gerade wieder so eine Studie in die Hand bekommen, über die Gefühle und Wesenszüge von Tieren.

Nun zu dieser Region in Italien. Es handelt sich um ein Gebiet, wo es immer noch »Latifundisti« gibt. Die gab es vor 2000 Jahren schon. Damals hatten sie Sklaven.

Heute haben sie Migranten aus Afrika, Indien, usw. welche für 1 Euro/Std. die Arbeit in den Ställen oder auf dem Feld machen. Weil sie illegal da sind, sind diese Leute gut »führbar« und die Produktion ist wirtschaftlich.

Die Handelsketten können billig Ware einkaufen, und wir auch (jaja!!). Da tut sich die bäuerliche Landwirtschaft schwerer.

In der Poebene befindet sich das schöne Städtchen Brescello, wo im Nachkriegsitalien die »Don Camillo und Peppone«-Filme gedreht wurden. Bei einer kleinen Pastafabrik (oder Manufaktur) haben die Besitzer (due Frateri) mich darauf aufmerksam gemacht.

Wie auch bei uns versucht man mit ein bisschen was Besonderem (Pasta mit Trüffel oder eben von Agroinspecta zertifizierten Eiern) die große »Barilla« etwas zu kitzeln.

Dieses Brescello hat sich seit den 50er und 60er Jahren nicht groß verändert. Die Leute, so heißt es, auch nicht.

Es war in Italien auch das Gebiet des Reisanbaus.

Einmal war ich am Abend in einer Risotteria. Es gab Wasser, Wein und Reisgerichte (15 verschiedene). Traditionell aß man dort Reis und Mais.

Vor den billigen Afrikanern waren die Italiener selbst dort die billigen Landarbeiter, aber die sind ja alle nach Argentinien ausgewandert.

Aber nicht, dass Du jetzt denkst: diese italienischen

Ausbeuter! Bei uns (bei mir in der Nähe) gibt es ein Weingut. Da kosten zwei Nächte über 500 Euro pro Person und er bezahlt seinen Syrern gerade mal einen Euro pro Stunde im Weingarten.

Mit dem Betreuer (Stefano Girardi) von einem unserer größten Kunden in Italien kann man während der Fahrten zu den Betrieben einiges von diesem Italien erfahren.

Er ist mit Riccardo Patrese, den ehemaligen Formel 1–Rennfahrer befreundet.

Man sollte dem Stefano nicht sagen, dass man es eilig hat, auch wenn man es wirklich sehr eilig hat. Radarfallen gibt es natürlich auch. Er weiß, wo die sind. Und ich bin froh, dass es sie gibt, sonst hätte ich wohl schon mal vergessen – Luft zu holen.

Seit ca. elf Stunden sitze ich jetzt schon im Flieger nach Buenos Aires. Drei Stunden dauert es noch. Mein Sitznachbar ist ein dreijähriger Bub.

Ab und zu hatte ich seine Füße im Gesicht. Ich bin eigentlich nicht fit. Aber den Flug umbuchen, wollte ich nicht. Für die dadurch anfallenden Kosten hätte ich dann wohl ein ärztliches Attest vorlegen müssen. Man braucht schon eine gute Konstitution, wenn man nur im Außendienst ist.

Steht nach harten Verhandlungen endlich eine Kontrolltour, dann sollte man nach Möglichkeit nicht krank werden.

Leider hat mich in den Tagen vorm Abflug ein Virus erwischt und jetzt plagen mich Kopfschmerzen, Halsweh, Schnupfen, ein bisschen Fieber … das Übliche halt. Um es im Flieger etwas gemütlicher zu haben, habe ich für den Flug nach Buenos Aires ein »Upgrade« gemacht.

Habe 249 Euro (mein privater Aufschlag) mehr für 40 % mehr Fußabstand bezahlt, aber das mache ich nicht mehr. Ich habe zwar einen schönen, netten Platz zugewiesen bekommen. Am Gang und mit Sitzabstand.

Aber jetzt sitzt dort eine ältere Dame, die weder Englisch noch Deutsch spricht. Als ich ihr meine Bordingkarte (elektronisch) zeigte, meinte sie, ich soll doch so lieb sein und ihren Platz übernehmen. Naja, nur böse Franzosen im Umkreis. Fliege mit Air France. Ok, was soll's. Dann kommt kurz Hoffnung auf: Sie verschwindet zu ihrem Mann in die 1. Klasse (ja, das heißt anders beim Fliegen). Ich krieg meinen Sitzplatz und bin zufrieden.

Nicht lange.

Da kommen schon die nächsten und wollen nebeneinandersitzen. Wieder wechseln.

Hoffentlich ist jetzt mal Ruhe. Jetzt kommt aber leider ein Buch abhanden, das ich zum Spanischlernen verwenden wollte. Gedichte von Pablo Neruda. Eine Seite Spanisch und auf der gegenüberliegenden Seite Deutsch. Es scheint weg zu sein.

Das härteste in dem Job ist das Aushandeln der Termine für die Kontrollen. Die, die unterwegs sind, wissen das. Wenn man keine Pufferzeiten hat, ist das Ganze noch verstärkt. Im Ausland wollen die Betriebe die Kontrollen ja noch weniger. Das Zertifikat ist bis Jahresende gültig.

Die Betriebe sind sich über die Auftragslage im neuen Jahr auch nicht immer sicher. Das Zertifikat läuft am Jahresende ab. Die Kontrolle soll dann bis November oder Dezember warten.

So kannst im Frühjahr zehn Betriebe anrufen, um einen

Termin zu bekommen. Eine ökonomische Tour ist da nahezu unmöglich.

Nun sind auch die letzten drei Stunden um und zu meinem Glück taucht das Buch mit den Liebesgedichten von Neruda doch noch auf. In dem Buch stehen auf den ersten Seiten eine paar handschriftlich hinzugefügte Zeilen von meiner Exfrau.

Es war ein Geschenk nach einem Jahr Ehe. Sowas zu verlieren, wäre schlimm gewesen, und obwohl wir mittlerweile geschieden sind, so hatten wir doch auch viel Schönes miteinander.

Aber ich erzähl vielleicht noch ein paar Worte über meinen Sitznachbarn im Flieger. Das war so ein Bürschchen von drei oder vier Jahren mit roten Haaren, mit seiner vermeintlichen Mama – schwarze Augen, schwarze Haare, rundliches Gesicht, indiomäßiger geht's gar nicht.

Auf der anderen Seite neben ihr sitzt ein Bub von ungefähr neun Jahren, genauso rot auf dem Kopf und mit Sommersprossen im Gesicht.

Was es nicht alles gibt, denke ich mir.

Ziemlich jung schien sie mir auch.

Du kannst es dir wohl schon denken: Natürlich taucht die wirkliche Mama eine halbe Stunde vor dem Landen aus der ersten Klasse (den teuren Plätzen halt) auf, winkt und verschwindet auch schon wieder. Das ist schon fein, wenn man sich ein – wie nennt man das? – Kindermädchen (sofern das nicht zu gewöhnlich klingt), leisten kann oder muss.

Selbst die Kinder liebhaben und beruhigen und trösten ist ihr möglicherweise nicht vergönnt (Das denke ich mir als Papa, der viel weg sein muss). Wenn du einen stark ausgeprägten Mutterinstinkt hast, bist du arm dran als echte Mama. Du musst ja an die Zukunft deiner Kinder denken.

Kriegen die zu viel Liebe ab, geben sie das später an deren »1-Euro-die-Stunde-Landarbeiter« weiter. Ändern können sie das System nicht. Was machen sie dann? Sie pfeifen drauf, »Patron« zu sein, lassen sich den Pflichtteil auszahlen und tanzen nur noch Tango. Soll vorgekommen sein.

Je nach Standpunkt ist so etwas auch tragisch.

Nach der Landung kommt schon ein wenig südamerikanisches Flair auf. Nachdem ich mich auf den »Baños« umgezogen habe, stehe ich nach 30 m in einer Schlange, die sich kaum zu bewegen scheint. Nach einer Stunde beginnt sie, sich zu bewegen, und zwar durch viele Räume.

Alle sind sehr diszipliniert. Sie bewegen sich in einer Linie die Gänge hinauf und wieder hinunter.

Da geht was, und als ich denke, nach dem langen Gang und dem darauffolgenden Raum, dass jetzt eigentlich bald diese künstlichen Reihen (kennst sicher) vor den Zollschaltern auftauchen, aber dies nicht passiert, sondern nur ein weiterer Raum, wo ich jede, von den am Boden sich befindenden Fliesen, betreten darf, da kam mir doch der Gedanke, dass ich mit den drei Stunden Spielraum nach der Landung, die ich geplant habe für den 35 km entfernten Busterminal Retiro, wo mein Bus nach Mar del Plata wartet, mich wohl verkalkuliert habe.

Der Satz war jetzt einer der längeren im Text. (Ich will Dir ja ein gewisses »Hineinfühlen« für mein Warten in der langen Schlange ermöglichen.)

Beim ersten Mal Argentinien gab es vor Ort die erste mögliche Verbindung nach Mar del Plata erst nach 36 h. Deswegen habe ich diesmal klugerweise vorab gebucht. Um 10 Uhr Ortszeit bin ich gelandet und um 13 Uhr wäre die Abfahrtszeit von meinem Bus gewesen.

Aber eines muss man positiv erwähnen und das meine ich echt ernst: Es wurden Wasserflaschen von den Flughafenmitarbeitern gratis verteilt.

Es ist einfach nett, wenn Du spürst, dass Du gesehen wirst, dann bist wieder frohgemut und so war es bei mir auch. Mein Bus war weg, das war klar und jetzt, so dachte ich mir, geht es darum, flexibel zu sein und versuchen fröhlich zu bleiben.

Denn alle anderen waren auch nach wie vor gut gelaunt. Man hat sich unterhalten. Ein Thema gab es ja. Und man trifft die interessantesten Leute.

Es ging dann bald weiter und nach fünf Stunden war ich durch den Zoll.

Als Erstes gehe ich zu der Linie »Tienda Leon«. Bei denen kann man auch direkt nach Mar del Plata buchen, aber nur vor Ort, und die sind, wie zu erwarten, voll.

Bei der Flughafeninformation ist eine Nette und die ruft für mich bei der Linie an, bei der ich gebucht habe, und erklärt meine Lage. Zur Überraschung ist um 17 Uhr ein Platz frei und ich soll versuchen, bald bei ihrem Büro in Retiro zu sein, weil nur dort umgebucht werden kann. Es dauert dann doch bis 16 Uhr, bis ich mit Bus und privatem Gruppentaxi dort bin.

Dabei erklärt mir der venezolanische Taxifahrer, dass die kolumbianische und venezolanische Atlantikküste sehr schön sei und ich dort unbedingt noch hinfahren soll.

Ich sehe schon, Argentinien ist der Anfang für die Agro-inspecta in Lateinamerika. Als ich beim Terminal bin, ist dann aber erst ab 18 Uhr der nächste Platz frei. Aber damit kann ich leben.

Zudem habe ich schon einen ziemlichen Hunger und genieße die Zeit mit Empanadas und einer Cerveza. Um Mitternacht bin ich im Hotel und bald im Bett.

Am folgenden Tag ist Tangoabend und das ist echt eine andere Geschichte.

Am nächsten Tag ist wieder Tangoabend und das ist wieder eine andere Geschichte.

Am dritten Tag ist dann … Entschuldige, ich langweile Dich.

Ich versuche es einmal. Bevor ich nach Argentinien kam, kannte ich ein paar Tangos, welche von Mercedes Sosa interpretiert wurden, und den Namen Astor Piazzola und ein bisschen was von ihm, das mir aber nicht so recht zugänglich war.

Es gab in den Neunzigern einen Film mit der Tänzerin Sally Potter und dem Tänzer Pablo Veron und dieser Film, konnte im Nachhinein betrachtet schon ein bisschen ein Eintauchen in diese Gefühlswelt gewähren.

Aber es ist etwas Anderes, wenn Du Bilder oder einen Film über z. B. das Meer siehst.

Oder ob Du direkt an der Küste bist!!!

Oder ob Du eintauchst in das Meer!!!

Da tut sich etwas völlig Fremdes auf und Du lächelst über die Bilder vom Meer.

Genauso ist es mit dem Tango, mit der Musik, mit dem dazugehörigen Tanz. Vielleicht hast Du schon mal den Namen Carlos Gardel gehört. Ich kenne eine Geschichte, in der er mit einem anderen Tangosänger in einem Wettbewerb war. Er war der Newcomer. Der andere war schon arriviert.

An dem Abend gab es nicht nur keinen Sieger, sondern es war die Geburtsstunde des Duos dieser beiden. Ab diesem Zeitpunkt tourten sie gemeinsam. Ich weiß nicht, wie lange – kann ja jeder selbst recherchieren.

Ich weiß nur, später ist Gardel bei einem Flugzeugabsturz umgekommen.

Was ich damit andeuten will, ist, dass der Tango als Tanz, als Musik immer ein bisschen offen ist, obwohl es vermeintlich sehr strenge Regeln zu geben scheint. Es wirkt auf mich sehr frei.

Bei keinem anderen Tanz ist die Persönlichkeit (von der Erotik will ich gar nicht anfangen) des Tanzpartners in diesem Ausmaß zu spüren. Und selbst zu tanzen ist natürlich noch intensiver als zuzuschauen (siehe Vergleich Meer). Die Tanzenden können sich in völliger Harmonie, oder im Krieg der Liebe, verlieren. Sie können einander Raum geben oder sich ihn gegenseitig wegnehmen.

Wenn man alte Leute tanzen sieht, scheint es ein melancholisches »Eng-umarmtes-miteinander-Gehen« zu sein, sich der gegenseitigen Liebe bewusst zu sein und der Tristezza des Alltags gegenüberzutreten.

Manchmal spürst Du die Eifersucht zwischen den Paaren. Und vordergründig denkst Du vielleicht, was hat er für ein Problem, sie tanzt ja mit ihm. Ist aber natürlich nicht so. Sie tanzt zwar mit ihm, aber für die Leute, welche zusehen … Ich kam mir am Anfang wie ein Voyeur vor. Mit der Zeit weißt Du dann, dass Du das hier nicht bist.

Das ausdrucksvolle Zeigen der Gefühle und das Beachten und Huldigen dieser gehört dazu.

Somit ist Tango für mich eine ziemlich spezielle, sehr nahe am menschlichen Leben befindliche Kunstform. Vielleicht hast Du das Buch oder den Film »Zorba the Greek« gesehen oder gelesen. Kazantzakis lässt Zorbas erzählen, dass er nach dem Tod seines ältesten Sohnes 14 Tage lang getanzt hat.

Im Tango findest Du ja viele europäische Einflüsse, und wenn Du es genau wissen willst, sogar alpine, österreichische.

Aber vor allem musst Du eine starke Persönlichkeit sein, um Tango tanzen zu können. Nur auf »stark« zu tun oder »Machogehabe« zu präsentieren, geht gewaltig in die Hose. Juan hat gemeint, für mich wäre es besser, Tango zu lernen als Spanisch. Vielleicht mache ich das noch. Er sagte zu mir: Tango steht für Sehnsucht, und zwar für die Sehnsucht nach dem, was war, aber auch nach dem, was kommt.

Eine Dame, hat mir erzählt, dass sie an einem Tag mit drei Männern (Wie soll ich das schreiben? Ich will keinen derben Begriff dafür verwenden und geschlafen hat sie dabei ja auch nicht.) – also, das getan hat, was eben nichts mit Schlafen, sagen wir, mehr mit Tango zu tun hat.

Aber stell Dir vor, mit keinem der drei war sie zusammen. Ich kann mich nicht mehr erinnern ob sie jetzt mit dem, mit dem sie zusammen war an dem Tag, das auch noch getan hat, aber geschlafen hat sie dann mit ihm.

Wie auch immer, bei so einer Frau brauchst Du nicht als Macho antanzen. Da zeigt sich, wer oder was Du tatsächlich bist.

Nun zu meinem Eintauchen: Vor zwei Jahren, war ich in der Nähe vom Bahnhof in Mar del Plata das erste Mal bei so einer Tango-Nacht. Diese Vorstellungen finden alle in Cafés oder Restaurants statt.

Üblicherweise geht man um 22 Uhr dorthin, isst etwas und um ungefähr halb zwölf beginnt die Musik. Zum eigentlichen Interpreten kommen dann im Laufe des Abends(!) noch weitere Sänger und Sängerinnen dazu. Ich weiß nicht, wie viel davon vorbereitet und geplant ist. Es wirkt jedenfalls sehr improvisiert.

Nacht dem letzten Mal Argentinien habe ich mich in Graz bei einem Tangokurs eingeschrieben, aber es ist ein bisschen illusorisch mit meinen Arbeitszeiten und ich musste es bald wieder lassen. In Argentinien habe ich mich natürlich auch erkundigt, aber öfter als ein bis zweimal wäre nicht möglich gewesen und dann bist Du nur enttäuscht, wenn Du nicht weitermachen kannst.

Aber ich versuche jetzt, den ersten Abend hier zu beschreiben. Ich meldete mich im Café an und bekam einen Tisch, eher versteckt, was mir sehr gelegen kam.

Die Sängerin Larissa Maria Mancolli ist eine Hübsche und spielt mit ihrem kleinen Publikum, ca. 50 Menschen und mit mir als Teil davon. Sie fragt alle aus, woher sie sind, und verschont mich nicht.

Ich bin ja lieber einer, der beobachtet, wie andere sich zum Kasperl machen, als selbst einer zu sein. Nun, in der kleinen Gruppe bin ich recht bald enttarnt.

Ihr ist es ein Vergnügen, mich ein bisschen vorzuführen. Für eine Choreographie braucht sie zwei Burschen, da bin ich dann dran. Und was soll ich sagen: Was macht man nicht alles, für eine schöne Frau. Ich muss mit ihr singen: »Quizas, Quizas, Quizas.« Mit Mikro – unglaublich! Und tanzen. Es ist mir eine Freude. Wir müssen uns danach tief verbeugen (zwei Minuten lang). Die Leute haben ihren Spaß (ich auch).

Zweimal ruft sie mich noch auf. So ausgelassen war ich nicht mal als Kind. Sie lässt mich einfach nicht los.

Dann ist es aus. Und der US-Amerikaner, der bei mir in der Nähe sitzt, meint nur: »Be careful. First she will hug you and then she will kill you.« Ihre Managerin geht mit CDs herum.

Dann kommt Larissa vorbei und setzt sich zu mir.

Wir haben uns etwas unterhalten und sie hat mir was in den CD-Umschlag geschrieben. Sie hat es mir auf Spanisch vorgelesen und ein bisschen mit Gesten erklärt. Ihre Schrift ist leider nicht schön und so habe ich lange nicht gewusst, was sie mir genau geschrieben hat).

Da wir beide ungefähr gleich alt und geschieden usw. waren (die Familienverhältnisse wurden bald geklärt), war das für alle natürlich nur noch lustiger.

Am nächsten Tag war wieder Tango-Abend im »Café Ivo«. Ich war definitiv noch nicht fit, aber ich war natürlich wieder dort. Mit dem schönen stillen Platz im Eck war es vorbei. Edgardo, der Besitzer, hat mich prominent platziert.

Jeder Sänger oder jede Sängerin hat mich dann extra begrüßt und umarmt.

Das liegt mir als distanziertem Josef ja total. Margerita vom Vorabend war auch wieder da. Zur Info: Margerita wird im Mai 96 Jahre alt. Ihr scheinen die langen Nächte nichts auszumachen. Die Nacht vorher habe ich das Ganze um zwei oder drei in der Früh verlassen. Sie blieb noch ein bisschen. Margerita schreibt seit ihrem 14 Lebensjahr Gedichte und hat mir einen Gedichtband verkauft (500 Pesos), aber mit Widmung. Und ihre Haare waren so schwarz wie die Nacht (echt!).

Jetzt aber zum zweiten Tangoabend. Ich wurde zu einer weiteren Sängerin im Publikum ganz vorne neben den Instrumenten platziert, welche in Ihrem Repertoire auch Schubert sang, wie sie mir erzählte. Die Serenade von Schubert (Leise flehen meine Lieder), was mir damals am besten gefallen hat, kannte sie, wollte es jedoch nicht vortragen. Aber sie konnte auch etwas Englisch.

Somit konnte ich mich besser unterhalten.

Die Hauptattraktion des Abends, Rosita, hatte dann ihren Auftritt. Es begann wie gesagt um halb zwölf in der Nacht. Das alles hört sich vermutlich an, als ob ich mich an die Tangodamen herangemacht hätte. Habe ich nicht. Margerita ist wie erwähnt bald 96, Rosita auch schon weit über 70. Nicht, dass es da keine Gefühle mehr gab. Margeritas Gedichte sind in erster Linie Liebesgedichte, aber z. B. Pablo Neruda schrieb auch Liebesgedichte. Er war Chiles Botschafter, ich glaube, u. a. in Spanien (will das jetzt nicht recherchieren). Sie geben der Liebe oder überhaupt den Gefühlen in ihrem Leben ziemlich viel Platz und sind stolz auf ihre Tränen, ihre Eifersucht oder was sich sonst noch in ihren Herzen befindet. Bist Du das alles nicht, halten sie nicht viel von dir. Jedenfalls kann man solche Menschen schon mögen.

Edgardo der Besitzer des Cafés, war in Europa, in Österreich (Innschbruckkk!!! Er hat es ausgesprochen, als ob er ein Tiroler wäre) und hat nach seinem Studium

Landwirtschaft an der argentinischen Musikakademie Tango studiert, spricht fünf Sprachen und trat natürlich am Abend auch selbst auf.

Es ist eine große Weltoffenheit, die sich mir da offenbart hat und die ich in dem Land immer wieder feststellte. Es gab auch Gäste, die mich warnten, wie der US-Amerikaner.

Ich hoffe, dass sie mich einstweilen noch nicht töten und ich noch ein paar Tangoabende erlebe.

Da die Argentinier interessiert und neugierig sind und, wie Du vielleicht schon mitbekommen hast, den Begriff »Diskretion« eher als unkultivierte Eigenschaft von Gringos betrachten, kam dann bald die Frage: Was macht der Austriaco hier? Denn sie wissen schon »Cambio Climatico« und dass die vielen Sojalieferungen nach Europa bedenklich sind. Und so wie wir zu wissen glauben, dass der GVO-freie Soja dem Regenwald nicht hilft, so wissen die Argentinier, dass ihnen der große Sojahunger der Europäer nicht bekommt. Eigentlich uns allen nicht.

Dass es besser ist, der Welt außerhalb Argentiniens Eipulver zu geben als Soja, war nicht bestreitbar. Dass kurzfristige und kurzsichtige Agrarpolitik einen ziemlichen Schaden anrichtet, auch.

Ich habe ja schon erwähnt, dass in Italien afrikanische Migranten für 1 € arbeiten und die Kostenwahrheit in der Landwirtschaft ziemlich verzerren. In Argentinien verdienen einfache Arbeiter 400 bis 500 US-Dollar. Durch die Situation in Venezuela, Bolivien und auch Peru drängen diese Menschen in das relativ gesunde Argentinien mit den daraus resultierenden, bekannten Folgen.

Ich habe in Buenos Aires fast ebenso viele Venezolaner wie Argentinier getroffen.

Und es ist nicht schön anzusehen, wenn sich junge Burschen oder junge Mütter mit ihren Kleinen ihre Matratzen an den Hauseingängen für die Nacht aufbauen. Bei uns sieht man Ähnliches ja auch.

Aber bei uns stinken solche oft nach Alkohol oder Du siehst, dass sie an der Nadel hängen, womit nicht mehr viel an Möglichkeiten da ist. Aber, wenn ein 16-Jähriger um sieben Uhr am Morgen aus der Mülltonne klettert, sich zu waschen versucht und aus seinen Habseligkeiten »gute« Kleidung für den Tag holt, dann ist halt doch einiges an Willen und Potential vorhanden. Das ist eine andere Armut als bei uns.

Nun zum weiteren, nicht nur schönen Argentinien.

Die schlimmsten Tage sind Silvester und Neujahr. Am 31.12.2019 hat man entweder irgendwo reserviert, oder man kann bei kioskähnlichen Geschäften Bier und Kekse besorgen, damit man nicht hungert. Ich wurde, habe ich mir eingebildet, zu einem Restaurant, wo die schöne Larissa aufgetreten ist, eingeladen. Ich hatte von dem letzten Tangoabend, wo ich nicht nur weit vorne, sondern auch direkt bei der Klimaanlage sitzen musste, einen ziemlichen »Lumbago« heimgetragen, sodass ich mich kaum bewegen konnte.

Die ersten zwei Diclofenacpillen (Das ist das Schmerzmittel, das man bei uns am meisten bei den Analysen im Abwasser findet, zumindest gleichauf mit Koks – das farblich hellere Koks, meine ich. Da siehst Du: Es wird doch auch Nachhaltigeres aus Lateinamerika importiert), haben nicht wirklich etwas bewirkt und zu viel wollte ich auch nicht nehmen.

Ohne Rezept kriegst in Argentinien nicht viel. Ich habe aber groß gesagt: »Soy medico in Austria (importante medico – Ich war gestresst).«

Margerita hat zu mir gesagt, dass ich unbedingt kommen muss, und ihr Enkel, welcher Ingliese parliert, würde bei mir sitzen. Ich war nicht fit.

Ich hatte kein Sakko mit. Ich wollte Larissa schon nochmals live sehen, aber irgendwie wäre mir am liebsten gewesen, mir alles ersparen zu können. Ein Sakko habe ich gekauft, dazu noch einen weiteren Diclofenacstreifen. Obwohl ich also »Arzt« bin, haben sie mir keine ganze Packung gegeben.

Im Hotel haben sie noch die Ärmel für mich gekürzt. (Dem Nachtportier, einem jungen Spund von 20 Jahren, habe ich mich anvertraut). Und so um 21 Uhr, zum offiziellen Beginn, begann es zu schütten. Taxis waren alle belegt und so wartete ich noch eine halbe Stunde. Dann war der Guss vorbei, und ich machte mich auf den Weg. Ca. fünf Minuten war dieser und ich stand vor der Lokalität.

Also die Arschbacken zusammen und mit erhobenem Kopf bin ich zum Eingang und wollte mich anmelden. Nun, ich hatte nicht reserviert. Grundsätzlich hätte ich reservieren müssen.

Die Karte mit Datum und Uhrzeit, welche ich von Maria bekommen habe, hatte ich vergessen. Auf der Liste stand ich nicht. Somit konnte ich nicht rein.

Nun, dieser Kelch schien an mir vorübergegangen zu sein.

Eh nur mit an Haufen Pillen schmerzfrei gestellt, war ich nicht undankbar darüber, dass ich nicht begriffen habe, dass ich mir einen Tisch reservieren oder die Einladung hätte mitbringen sollen.

Hoffentlich sind sie nicht allzu böse.

Am Neujahrstag war ich beim Edgardo Kaffeetrinken.

Er war einmal nicht böse. Und für den Fall, dass ich sie an diesem Abend sehen würde, konnte ich immerhin sagen, dass ich am Eingang abgewiesen wurde.

Am Abend habe ich sie nicht gesehen, aber später und ja sie waren eingeschnappt.

Natürlich hätte ich mich reinreklamieren müssen und das mit dem »Abgewiesenwerden« war für sie eine faule Ausrede. Es wurde doch manchmal der Kulturunterschied sichtbar.

Ich habe Larissa gegoogelt und gesehen, dass sie ein Star in Argentinien ist. Der 20-jährige Julian (der Nachtportier) hat sie nicht gekannt. Tango ist zwar etwas typisch Argentinisches, aber es sind trotzdem nur ein Prozent der Argentinier, die sich dafür interessieren.

Ich möchte wissen, wer bei uns in Österreich z. B. die Elisabeth Kulman kennt. Wenn Du Dich für die klassische Musikszene nicht interessierst, wirst Du die nicht kennen.

Dass ich mich zu Silvester vor der Larissa angeschissen habe, hat dort niemand verstanden, und es ist auch nicht zu verstehen.

Für den ersten Moment war ich ja nicht unglücklich. Heute bin ich es ein wenig.

Sonst war der Jahreswechsel echt ein Grauen. Wenn man nicht irgendwo reserviert, kriegt man nichts. Es gibt keine freien Plätze. Ich bin zurück ins Hotel, erzählte

Julian, dass ich nicht reinkonnte. Aber »esta bien, Josef, esta libre y no pobre«, habe ich ihm zu erklären versucht. Er wollte sofort anrufen.

Aber zum Essen habe ich nichts gekriegt und auch am nächsten Tag nicht. Laut Larissa war das nur gerecht. (Wie bereits erwähnt, zurückhaltende Diskretion ist keine ihrer Eigenschaften.)

Es waren alle verkatert. Ich bin vor Mitternacht schlafen gegangen. Am Hauptplatz begann das Feuerwerk und ab ein Uhr konnte ich dann schlafen. Mein Gott, der ganze Zirkus, bloß weil man zu 2019 eins dazu zählt, wo dann 2020 rauskommt. Wenn sowas nicht gefeiert werden muss!

Dieses Herumgeballere habe ich bis heute noch nicht begriffen. Bin ja doch nicht mehr der Jüngste und hätte schon ein bisschen Zeit gefunden, es vielleicht zu verstehen.

Aber auch das war dann vorbei und am zweiten Neujahrstag war das Leben wieder normal.

Beim nächsten Hotel in Mar del Plata (wiederum ein Familienbetrieb) sind die Besitzer Zeugen Jehovas. Gespräche gehen da gleich ins Missionarische.

Eine religiöse Ideologie, was auch immer für eine es ist, kann Dir das Leben ziemlich erschweren.

Du kannst es nicht schön haben, weil Du Dir immer überlegen musst, ist dieser kleine oder große Genuss wohl gottgefällig oder ist es Sünde. Du weißt dann nicht, sollst Du ihnen überhaupt Antworten auf ihre Fragen geben.

Gibst Du Ihnen Antworten, die nicht in ihre Vorstellung passen, werden sie böse. In einer ihrer noch harmloseren Vorstellungen verdient ein LKW-Fahrer in Dänemark 6 bis 7000 Euro im Monat.

Mich haben sie auch gefragt, was ich so mache und verdiene. Bin jetzt der totale »Loser«.

Am zweiten Jänner war ich am Abend (um 22 Uhr) wieder in meinem Kulturcafé und es war wieder sehr schön. Ein reiner Instrumentalabend mit Akkordeon. Du wirst jetzt vielleicht ausbessern wollen und Bandoneon sagen, worauf ich sage, dass es nichts zum Ausbessern gibt, denn wenn es ein Abend mit Bandoneonmusik gewesen wäre, hätte ich das gesagt. Claro?

Das meiste, das ich im Alltag höre, ist »Claro«. Sie sind ja mit ihren Begriffen und Bezeichnungen eher speziell. Eigentlich möchte ich oft einen Kaffee trinken. Außer beim Edgardo gibt es nirgends einen »gscheiten« Kaffee. Die Argentinier trinken den Kaffee sehr, sehr schwach. Und ich habe es aufgegeben einen starken zu bekommen.

So kriege ich entweder im Restaurant einen »Cortado« oder zum Frühstück einen Schwarzen mit ein wenig Milch, welcher selten gut ist, außer bei den Jehovas. Die Nonna macht einen guten. Ich weiß nicht warum, vielleicht mir zuliebe. (Er ist zwar ungläubig, aber doch unser Gast).

Der Überlandbus, mit dem ich unterwegs bin, heißt »colectivo«. Da musst man echt draufkommen, was gemeint ist. Sie erklären dir zwar, dass er colectivo heißt, aber sagen »Bondi«.

Jetzt könnten wir uns ein bisschen in das »Lunfardo« oder spezielle »Castellano« der Argentinier fallen lassen.

Einerseits haben sie spezielle Begriffe und Phrasen und dazu verwenden sie Vokabeln (Che, Boludo) aus ihrer recht breit gefächerten Gefühlswelt. Beide Begriffe kann man nicht übersetzen. Sie verwenden sie nahezu bei jedem zweiten Satz. »El Che« wird Dir vielleicht was sagen, wegen Ernesto »Che« Guevara. Er kam zu dem Beinamen, weil er bei den Gesprächen mit den anderen Compañeros andauernd »Che« gesagt hat.

Aber warum sagen die Argentinier das dauernd?

Jetzt wird es kompliziert und bitte verzeih, da muss ich jetzt weit ausholen. Die Mapuche (auch Araukaner genannt) sind eine der größten indigenen Gesellschaften im Süden von Südamerika (Argentinien-Chile). Sie konnten von den Konquistadoren nicht besiegt werden und waren ziemlich wehrhaft. In den Kämpfen feuerten sie sich gegenseitig immer mit »Che, Che …« an.

Aber es ist nicht so einfach einen Begriff von Mapudungun ins Lunfardische, von dort ins Spanische und dann weiter ins Deutsche zu übersetzen.

Da geht viel verloren. Wir reden ja deswegen im Dialekt, weil wir uns so besser ausdrücken können. Versuch mal, den bei uns so häufigen Begriff »Verwoadakelt« ins Deutsche zu transferieren. Für was wird »Verwoadakelt« nicht alles verwendet. Sage ich, es bedeutet »verbogen«, wirst Du sagen, ja, ein bisschen trifft es das. Aber ein verbogener Löffel ist kein verwoadakelter Löffel.

»Che« ist in den Worten Mapuche, Bariloche u.v.a. vorhanden. Die Argentinier meinten, ich soll nach Bariloche. Da ist es wie in Österreich (Berge, Seen …).

Viele deutschsprachige Auswanderer haben sich dort niedergelassen. Und viele Nazis, habe ich dann gesagt. Da haben sie gegrinst.

Die haben es nämlich auch drauf, wie Du vielleicht

schon mitbekommen hast. Das zu »El Che«, was es wirklich bedeutet, weiß ich nicht.

Nun zum »Boludo«. Man könnte es mit »Dummerchen« übersetzen, wobei Boludo ist noch liebevoller. Boludos sind historisch die Idioten, welche bei Gefechten an vorderster Front gekämpft haben. Die, welche ohne viel zu denken, sich fröhlich in die größten Schlamassel begeben.

Du kennst sicher z. B. Autofahrer, welche in einer Kolonne vor einem Ortsgebiet riskant überholen, um dann vor dir bei der nächsten Ampel zu stehen. Ich hatte einen Kollegen, der hat, wenn wir zu einer Schulung musste, auch 100 Meter vor dem Schulungsort überholt. Wir sind gleichzeitig eingetroffen, aber er war der Erste. Ja, was soll man da zur Begrüßung sagen. In Argentinien würden alle »Che Boludo!!« rufen.

Ich habe früher Schulklassen bei uns durch die mittelalterliche Burg geführt, und da gab es immer wieder welche (meistens Buben), die als Erstes beim Burgtor sein mussten. Und tatsächlich waren die dann die Ersten, und zwar beim Warten aufs Aufsperren des Burgtors, welches natürlich immer erst aufgesperrt wurde, bis alle da waren. Alles Boludos, oder »Pelotudos«.

Freunde nennen sich untereinander auch »Boludo«, um sich aufzumuntern und meiner Meinung auch, um sich ein bisschen gegenseitig zu erinnern, keiner zu sein.

»Pelotudos« nennen sich Freunde nicht. Ich glaube, wenn zu dir jemand »Pelotudo« sagt, meint er »Oarschloch«.

Man sagt ja auch nicht: »Heast Gschissana« zu Freunden (außer in Wien). In welchem Wiener Begriff ist das Meidlinger »L« am schönsten? Was glaubst Du? Schau vier Zeilen zurück. Das letzte Wort ist es.

Nochmal zu »Claro«. Das ist das nette »Verstehst!«. Es gibt auch das weniger nette, das »Comprende!«. Kenn ich auch. Ich wollte einmal eine Flasche Wein zahlen, doch sie ließen mich nicht.

Das »Comprende« klang dann sehr nach: »Du bist in meinem Land und machst, was ich sage. Comprende!!!«

Auch sprechen sie Castellano (Kasteschano spricht man das aus). Y und LL sind in der Aussprache »sch«.

Das Liedchen »Vamos a la Playa«, also: »Gehen wir zum Strand« würde hier »Vamos a la Plascha« ausgesprochen.

Vor zwei Jahren habe ich da immer Zeit zum Nachdenken gebraucht, wenn sie vom Playa Serena oder Playa Centro usw. geredet haben. Wenn etwas sehr, sehr schön ist, dann ist es bellisimo. Sprich das jetzt mal auf Castellano!

Beschi…

Wobei es ist ein ganz weiches »sch«. Hör Dir mal das Liedchen »Yo vengo a ofrecer mi corazon" von der Mercedes an. So weich muss es sein.

Gestern Abend war ich auf einer Milonga. Dort habe ich Alejandra und Marcelo kennengelernt. Die sind aus Buenos Aires und machen Urlaub in Mar del Plata. Fast alle Touristen hier sind aus Buenos Aires.

Sie sagen nicht, dass sie aus Buenos Aires sind, an solchen Abenden. Sie sagen, sie sind Porteños, Leute aus Cordoba sind Cordobez. Aus Mendoza kommen die Mendozinos und Mendozinas. Die aus Mar del Plata sind Marplatenese. Bei meinen Reservierungen stand zu Beginn Austriaco. Zum Schluß nur noch »Josep«. Aber es gibt keine »Buenos Airesse« oder so ähnlich. Manchmal sagen sie, dass sie aus dem Norden sind. Dann meinen sie aus dem Norden von Buenos Aires, nicht aus dem Norden Argentiniens.

Ich habe während meines Studiums in Meidling gewohnt. Als alter Peronist war es schwer genug, im Villenviertel von Wien zu studieren, und ich habe mich in eine aus dem Villenviertel verschaut – logisch. Gegen jedes Naturgesetz. Die Ausnahmen zu den Naturgesetzen muss es einfach geben, sonst würde es Dir ja nicht bewusst werden.

Das Lässige an Naturgesetzen ist, dass sie immer stimmen. Man kann ja in Richtlinien oder menschlichen Gesetzen alles Mögliche reinschreiben, wenn es den Naturgesetzen widerspricht, kannst Du es nicht einhalten.

Schönes Beispiel: 20 Lux im Hühnerstall und gleichmäßige Verteilung. Aber die Argentinier schaffen das, denn deren Ställe haben ein Offenfrontsystem. Ein länglicher Stall und auf der Seite ein Drahtgitter. Da kommt Licht rein. Bei uns musst Du die Lichtstärke bei den Auslaufklappen messen, dann hast die 20 Lux. Manchmal sind sie offen und es kommt Licht rein.

Aber es steht im Tierschutzgesetz.

Vielleicht eine kurze Pause. Zum Nachdenken übers Tierschutzgesetz.

So, jetzt wieder zum Eigentlichen: die Kontrolle. Dazu sollte ich nach Buenos Aires. Ich hätte ganz gern von unserem Kunden gewusst, wohin in Buenos Aires ich sollte, und habe ihm mehrmals gemailt. Das hat zu keinen Reaktionen geführt. Beim letzten Tag im Hotel hat mich der ältere Herr (Mario), der mir den ersten Milongaabend vermittelt hat, angeboten, mit seinem Camioneta mit nach Buenos Aires zu fahren. Ich habe mir das Auto angesehen, ein Ford-Ranger-Pickup-Ding. Ist vielleicht nicht so schlecht.

Aber wohin ich nach Buenos Aires musste, konnte ich ihm nicht sagen, weil ich noch keine Antwort von unserem Kunden hatte. Ich sagte, in der Früh werde ich es wissen. Ich ging am Abend noch das letzte Mal in Ivo's Café.

Die Sängerin des Abends könnte vermutlich weltweit berühmt sein. Carolina Rubi heißt sie und ist jung und alles (schmal und schwarz die Augen und zart mit einem – früher sagte man »Schlafzimmerblick«). Stimmlich ein sehr weites Spektrum. Irgendwann am Abend haben mich alle (außer Carolina, der ist so wie mir das viele Umarmtwerden oft zu viel) zwei bis dreimal umarmt, woraufhin ich mir um fünf Uhr noch ein letztes Bier gegönnt habe.

Als ich dann ging, gab es keinen »Abrazo« mehr, sondern einen »Jetzt-sperren-wir-aber-endlich-zu-Blick« und kaum war ich draußen, hat es auch schon »klick« gemacht.

Ich habe in Tirol mal so ein »Klick« im August um acht Uhr am Abend gehört, gerade als ich die Türklinke bei der Pension drücken wollte. Ich habe mich für sieben angemeldet. Da brauche ich jetzt nicht um acht antanzen. Das war sogar noch mehr so eine Sekundenbruchteile-Geschichte.

Hab dann erst nach drei Stunden Quartiersuchen ein Zimmer gefunden. Zum Essen nichts, aber 70 Euro und schön dankbar sein. Das war irgendwann im Juli 2006 (vor der Smartphone- und Booking-Ära). Hab dann bei der Kontrolltour nur noch Pensionen um 25 Euro genommen, damit das »70 Euro – Quartier« in der Firma durchging.

Also zurück zum Hotel, ab ins Quartier, etwas schlafen und dann gleich wieder aufstehen und E-Mails checken, um zu schauen, wohin ich in Buenos Aires soll. Mario war schon abfahrbereit, aber Juan hatte nach wie vor keine Lust, mir irgendwas mitzuteilen.

Das Lustige ist, dass sowohl Veronica als auch Juan sich darüber unterhalten haben, wo ich in Buenos Aires wohl landen würde.

Sie haben meine Nachrichten gelesen und waren dankbar, dass sie auf dem Laufenden gehalten wurden. Ich hätte ganz gerne gewusst, ob das so ok ist, was ich so plane und wo ich mir das Quartier nehme.

Sie haben mir danach dann, als ich sie getroffen habe, erklärt, dass sie mich nicht beeinflussen wollten und ich ja gut unterwegs sei. So lieb sind sie.

Wie auch immer, ich habe schnell was in der Tucuman Calle gebucht. Aus Tucuman war ja die Mercedes Sosa. Das klang gut. Also ab ins Auto zu Mario und losging die Reise. Den Mario möchte ich mal beschreiben.

Er ist ein eher Extravertierter und ein Neugieriger und ein Selbstvertrauen hat er, unglaublich. Mario hat einen Katheter. Aber nicht so einen, den er in einer Tasche versteckt neben sich trägt.

Nein Mario's Katheter und die Farbe seines Urins sind für alle Mitmenschen schön zu sehen. So kennst Du Dich gleich aus und wenn er klar ist (der Harn – nicht der Mario), siehst Du, dass es ihm gut geht.

Bei uns reisst's Dich vielleicht ein bisschen, wenn die Altbäuerin Dir während der Kontrolle sagt, dass Du eine rauchen kannst, denn sie muss jetzt beim Bauern eben den Katheter wechseln (welcher üblicherweise bei Altbauern in der Innenseite vom blauen Arbeitsmantel angebracht ist, damit du ihn nicht siehst). Bei den vielen Standards, die wir bei manchen Betrieben haben, dauert die Kontrolle ja ein bisschen und alles geht sich dann zwischen dem Kathetersackerlwechseln oft einmal schlecht aus.

Ab und zu stelle ich in der Checkliste alles auf »Ja« oder »Nicht relevant«, wobei Letzteres bei den privaten Standards das Zutreffendste wäre, aber das habe ich jetzt nur gedacht. Bei Mario siehst Du den Katheter auf 50 m. Das wollte ich schreiben.

Wie auch immer, Mario steigt ein, setzt sich eine schmutzige Brille auf und los geht die Reise.

Sobald wir aus Mar del Plata raus sind, fragt er mich, ob ich fahren möchte. Ich denke mir, mit so einem Ford Ranger über die einsamen Straßen durch die Pampa – ja, mache ich.

Mit meinem österreichischen Führerschein darf ich zwar nicht (habe mir nämlich mal ein Leihauto überlegt), aber es wäre aufwendig und nicht billig gewesen, meinen Führerschein auf Argentinien umzuschreiben. Aber eine so leere Straße, was soll da schon passieren. Nach 200 km machten wir bei der einzigen Raststation eine Pause und ich dachte, da werden wir wohl wieder wechseln.

Mario kann nämlich kein Englisch und ich nur ein paar Brocken Spanisch. Er zeigt immer auf seine Augen und sagt sowas wie »Ojos« usw.

Ich habe mich gefragt, warum er auf die Augen zeigt und von den Ohren redet. Seine Brille habe ich ihm inzwischen geputzt, denn beim Verlassen von Mar del Plata hat er damit echt nicht viel sehen können.

Bei der Raststation hat dann mir so eine junge Dame übersetzt, dass ich noch weiterfahren soll, weil Mario sehr schlecht sehen würde. Ok, dann fahre ich halt bis zum Stadtrand.

Nach Buenos Aires rein wird er wohl hoffentlich selber fahren, denn ohne Navi, nur mit den Gesten eines ausschließlich Castellano sprechenden Beifahrers ist mir Buenos Aires doch etwas zu ungewohnt.

Die Stadt soll ja sehr groß sein (15 Millionen Einwohner). Ein bisschen anders fahren die Südamerikaner ja doch als wir in Europa.

Wobei es mir bei dem Ganzen schon etwas warm wurde, weil so gscheit ist es ja auch wieder nicht, wenn er fährt, weil er ja nicht wirklich was sieht. Das Auto hatte eine ziemliche Delle in der Beifahrertür, das hat aber damit nichts zu tun. Da ist ihm jemand reingefahren.

Das Gute, wenn Du bei etwas konzentriert bei der Sache bist, ist, dass Dich manches (das Drumherum, das »Mehr so Illegale« und vielleicht auch »Nicht ganz Ungefährliche«) nicht so sehr beschäftigt.

Ich habe hauptsächlich auf den Verkehr, die Beschilderung und nicht so sehr auf das Schlamassel, in das ich reingeraten könnte, gedacht.

Mario hat auch alles getan, um mich bei Laune zu halten. Wir haben Tangomusik aus dem vorigen Jahrhundert gehört. Von Alberto Gastillo oder Carlos (Carlito hat er ihn genannt) Gardel. Zum Teil hat er selber mitgesungen, so dass von Alberto oder Carlito eh nichts zu hören war.

In den Gesangspausen hat er mir dann Geschichten auf Spanisch von irgendwelchen »Putas« zum Besten gegeben. Eigenartigerweise habe ich seinen Frauengeschichten besser folgen können als dem anderen vorher mit den »ojos«. Vielleicht brauchst Du es ja einmal im Leben: »Ojos« das sind die Augen. »Orejas« wären die Ohren. Das zu wissen, kann von Nutzen sein.

Bisweilen mussten wir, da ich nicht wusste, wo die Fahrt hingeht und er die Häuser oder Straßen eher etwas verspätet gesehen hat, spontane Spurwechsel durchführen. Gab es Straßenschilder, habe ich diese vorgelesen. So kamen wir ganz gut voran. Natürlich gab es unterwegs auch Polizeikontrollen.

Bei der ersten hat mir Mario gleich seinen Behindertenausweis gegeben. Den habe ich hergezeigt. Reden wäre nicht gut gewesen. So falsch war das mit »behindert« nicht. Das Herzeigen des Ausweises hat geholfen.

Aber lassen wir das. Ich bin ja nicht der, der alles immer wiederholen will, wie es die Psychologen tun.

Denn irgendwann war er in seiner Calle Independencia und ich konnte das Auto einparken. Also flexibel sein und ruhig bleiben, ist oft echt wichtig. Und das nächste Mal steige ich vielleicht nicht so schnell bei Fremden ins Auto. Man sagt das nicht umsonst den Kindern.

Die Hauptzufahrtsroute ist, glaube ich, die Straße vom 9. Juli (Avenida 9. Julio). Die ist echt breit. Also, wenn Du diese überqueren willst, brauchst Du mehrere Ampelphasen, bis du ganz drüber bist. Zuerst hast Du vier Fahrspuren, welche in eine Richtung führen, und da kannst Du auch rechts abbiegen. Dann kommen fünf oder sechs Spuren geradeaus. Auch wenn Du beim

Überqueren schnell bist, kommst Du über all diese Spuren nicht rüber.

Du musst Pausen machen. Im Normalfall reichen aber drei Ampelphasen.

Nach diesen zehn Fahrspuren kommen die Busspuren, davon zwei in eine Richtung und danach zwei in die andere und sechs und vier Spuren in die andere Richtung. Nachdem ich am Vortag auf dieser Straße gefahren bin, dachte ich, ich schau mir die einmal zu Fuß an.

Das haben die Rennfahrer früher ja gemacht oder zumindest davon erzählt. Aber die haben sich die Strecke vor dem Fahren angeschaut.

Jetzt habe ich erst alles wiederholt und am nächsten Tag sogar nochmal und noch geschaut, wo und wie (vermutlich) ich gefahren bin, aber das war nicht so schlimm wie der unsichtbare Teil vom schwarzen Land der Seele, wo die neugierigen Psychologenspanner immer hin wollen, wenn sie dich therapieren. So etwas kannst Du schon mehrmals erzählen. Das wird vielleicht am Ende sogar noch ein Abenteuer, mit dem ich mal meine Enkel unterhalten kann. Deren Eltern werde ich dann wohl erklären, dass ich bei der Geschichte zehn Mal gesagt habe, dass sie es nicht nachmachen dürfen.

Aber jetzt kommen wir zum Eigentlichen, zur Kontrolle: am ersten Tag die beiden Legehennen-Betriebe Capilla und Sarmiento (in Summe 80.000 Hühner). Schöne Ställe, schöne Hühner. Alles gut.

Am nächsten Tag hätte ich um acht Uhr wieder abgeholt werden sollen, was aber nicht passiert ist.

Um zehn Uhr kam die Info, dass die Kontrolle auf den nächsten Tag verlegt wurde.

Ich bin dann etwas in Buenos Aires umhergestreunt.

Und in der Innenstadt rufen sie ständig von allen Seiten »Cambio«, »Cambio«.

Der Peso ist relativ instabil und so versuchen die Argentinier, Dollars und Euros zu bekommen. Es gab einen offiziellen Wechselkurs, welcher bei ca. 65 Pesos zu ein Euro liegt. Am schlechtesten kommst du weg, wenn Du beim Geldautomaten abhebst.

Für die Fahrt und das Taxi in die Innenstadt habe ich am Flughafen bei der Ankunft 1500 Pesos (28 Euros) abgehoben und 186 Pesos abgezogen bekommen. Im Hotel in Mar del Plata habe ich wechseln können, und die haben mir für 200 Euro 14.000 Pesos gegeben (1 Euro ergab 70 Pesos ohne irgendwelche Gebühren). Und in Buenos Aires bei einem dieser Straßenwechsler war der Kurs 1 Euro zu 83 Pesos. Und alles, was zu gut klingt, sollte man eigentlich lassen. Aber ich habe es natürlich nicht gelassen und 50 Euro angeboten. Der auf der Straße hat ja seriös gewirkt. Wir sind jedenfalls rein in ein Sportgeschäft, wo ich im Verkaufsraum etwas warten musste. Dann ging es dort in den Keller. Dort residierte so ein Typ Maradona (mehr so späte Schaffensperiode) mit einigen anderen übergewichtigen Typen und holte mich zu sich.

Ich denke, jetzt musst (so wie bei dem Morgenspaziergang in Albanien vor ein paar Jahren, wo mich so ein Rudel aus Schäfer- und Wolfshunden recht intensiv beschnuppert hat) du entspannt und locker bleiben, aber nicht zu lässig werden, weil der einzig Lässige war natürlich das Maradona-Double.

Ich habe dann für meine 50 Euro tatsächlich 4150 Pesos bekommen.

Das Geld wollte ich verständlicherweise gleich loswerden. Du kennst wahrscheinlich die Verpackungen von Naschzeug, wo oben steht: kann Spuren von Haselnüssen, Palmkernen usw. enthalten. An all die möglichen Spuren auf diesen Scheinen will ich jetzt nicht denken.

Am nächsten Tag hatten wir dann den Rest der Kontrolle und zum Abschluss gingen wir etwas essen (Veronica und ich).

Für den restlichen Tag hat sie mir in Buenos Aires das Viertel »San Telmo« empfohlen und das ist wirklich ein sehr schöner Stadtteil. Ich wollte ja am Vortag ins Café »Tortoni«. Das ist wie das »Sacher« in Wien. Dort muss man gewesen sein, und natürlich ist es notwendig, sich anzustellen, das mag ich nicht so gar so gern.

Vor allem war meine Zeit ja begrenzt und ich wollte eigentlich etwas sehen. Und da gab es einiges. Auf den Plätzen in Mar del Plata und natürlich auch in Buenos Aires waren einige Straßenkünstler.

Am Platz »9. Mayo« war eine besondere Darbietung, und zwar tanzte eine Rollstuhlfahrerin mit ihrem nicht-gehandicapten Partner Tango.

Ich habe schon einmal so eine Tanzdarbietung von Jugendlichen gesehen, welche durch Minen teilweise ihre Extremitäten verloren haben. Die haben mit Hilfe der Krücken eine nahezu akrobatische Tanzvorführung hingelegt. Das war dann auch der letzte Abend in Buenos Aires.

Am nächsten Tag begann die Rückreise.

Ich hatte ein weiteres Problemchen. Ich habe so ein Schild, das aussieht wie ein Straßenschild, wo »Avenida Boca Juniors« draufsteht, erstanden. Habe aber nicht gedacht, dass ich mit so einem Metallschild im Handgepäck schwer durch den Zoll kommen würde. Alles, was Metall und scharfkantig ist, darf ja nicht durch.

In Buenos Aires bist du entweder einer von den »Xeneizes« oder einer von den »Gallinas«.

So wie in Glasgow (Celtic oder Rangers) oder in Graz ein »Schwarzer« oder ein »Roter« (Sturm, GAK). Ich glaube, so etwas gibt es in jeder größeren Stadt, vermutlich sogar in Wien. Jedenfalls ich bin eher den »Boca Juniors« zugetan und weniger den »River Plate«. Bin irgendwie schon wieder ins Brüten verfallen, was ich eigentlich sagen wollte. Genau: Das mit dem Zoll war das Problemchen.

Aber es gab eine Lösung und das Schild ist jetzt bei mir daheim.

Über das Lösen dieses »Dilemmachens« kann ich in diesem Rahmen nichts Konkretes schreiben. Das kann man schon verstehen, denke ich. Es fangen sonst Leute an, sich unnötige Sorgen zu machen. Das kann niemand brauchen.

Wobei, seit ich dieses Schild im Boden meiner Reisetasche durch den Zoll gebracht habe, kriege ich die Ergebnisse von den »Boca Juniors« aus der argentinischen Liga als »Pop-ups« am Laptop. Das ist eigentlich nett. Früher habe ich immer suchen müssen. Was ich nicht weiß, ist, ob sie die Information vom Laptop haben oder vom Zoll. Zur Beunruhigung: ziemlich sicher vom Laptop.

Alles Elektronische wird gut überwacht. Bei materiellen Dingen, egal ob – Buenos Aires, Paris oder Wien – nimmst, da sind's bisweilen ein bisschen ratlos.

Beim Zoll hat man gesehen, dass der Boden der Reisetasche recht stark leuchtet. Sehr grell war das am Monitor.

Es hat richtig geblendet. Im Nachhinein, denke ich, war das der Grund, warum man es erst nicht gesehen hat.

Der Rückflug sonst war recht ruhig. Was aber auffällt: Sobald Du in Europa bist, gibt es wieder vermummte Frauen. In ganz Südamerika siehst Du sie nicht. Man trägt entweder Strandkleidung oder Abendgarderobe (90 % Strandkleidung).

Einmal in einem öffentlichen Bus haben gleich fünf Frauen gleichzeitig ihre Babys gestillt. Was ich so von Argentinien mitbekommen habe, ist, dass Du mit Körperlichkeit viel stärker konfrontiert bist, und es ist normal. Es wird auch nicht gegrapscht. Wenn die jungen Burschen sich an die junge Weiblichkeit ranmachen, wird gebalzt, dass es eine Freude ist.

Aber es wird nicht gegafft, auch keine Übergriffe (zumindest habe ich nichts mitbekommen). Ein guter Freund von mir hatte eine Perserin als Freundin und er war einmal in Teheran, ihre Eltern besuchen. Er hat mir erzählt, dass es dort in den Bussen und Bahnen ganz anders zugeht.

Keine Kopftücher (höchstens Hüte), keine verhüllten Körper in Lateinamerika. Dafür gleich 10 verhüllte Frauen im »Bondi« von Wien nach Graz.

Und so, wie der eine im Bus von Wien nach Graz ein großes Problem hatte, weil alle Fenstersitze schon besetzt waren und er mit seiner verhüllten Frau keine eigene Reihe mehr hatte, und auch niemand tauschen wollte (mich hatte er nicht gefragt), und sie sich zu einem potentiellen Grapscher (einem fremden Mann) setzen musste, hatte ich in Argentinien ein anderes Problem.

83

Wobei, wenn er aus dem Iran war, verstehe ich ihn, ehrlich gesagt, sogar. Und das kann gut sein.

Es gibt ja Unterschiede. Die iranischen Frauen tragen ja andere Kopftücher als die türkischen oder arabischen. Und ich denke, es war ein iranisches Kopftuch. Aber sie saß dann bei einem jungen Einheimischen, der sich gut benommen hat. Somit hat er schon mal keinen so schlechten Eindruck bekommen.

Und nun zu meinem Problem in Argentinien: Ich bin an einem Sonntagnachmittag mit Julian, dem Nachtportier, die Strandpromenade entlang bis zum Hafen gewandert.

Julian ist ein untypischer Argentinier. Er geht (im Gegensatz zu den üblichen Einheimischen) gern mal zehn Kilometer und dann bei der Rast teilte er mit mir seinen Mate. Also, wenn die Argentinier Dich nur ein bisschen mögen, kannst schon Mate trinken mit ihnen. Auf dem Rückweg trafen wir einen seiner Freunde und dessen Freundin. Beim Begrüßen war ich für argentinische Verhältnisse etwas zu steif.

Julians Kumpel gab ich die Hand. Das ist in Ordnung. Nur Freunde umarmen sich. Aber ich habe die Freundin nicht geküsst. Das war ein Fauxpas. Julian hat mir das nachher erklärt.

Mein Verhalten hatte sie als abweisend empfunden und das hat sie ziemlich verunsichert. Beim Kennenlernen küsst man die Frau auf die Wange.

Die distanzierten europäischen Verhaltensmuster sind ihnen fremd.

Bei mir ist es so, dass ich mich bei gleichaltrigen oder älteren Frauen gut angepasst habe und das meistens richtig gemacht habe, aber bei jungen, schönen nur mit Bikini und kurzer Jeans bekleideten Frauen wollte ich mir wegen einer möglicherweise übergriffigen Begrüßung keine Probleme holen. Aber es war falsch.

Jetzt, stell Dir vor, die orientalische Frau im Bus hätte sich zu mir gesetzt. Wir hätten getratscht und zum Abschied hätte ich ihr einen Kuss auf die Wange gedrückt.

Du wirst Dir jetzt vielleicht denken: Lieber Josef, Du bist schon ein bisserl rassistisch. Das werde ich wohl so hinnehmen müssen.

Aber ich sag Dir, dass dann der Orhan Pamuk auch ein Rassist ist.

Sein Glück ist, dass er berühmt ist, aber ich glaube, er musste die Türkei schon verlassen.

Und wenn Du das letzte Buch von ihm (Die rothaarige Frau) lesen würdest, dann würdest Du wahrscheinlich erkennen, dass diese »Machofundamentalistischen Allüren« vor allem uns Männern schaden. Egal ob der Macho aus Anatolien oder von der südsteirischen Weinstraße ist. Beide sind gleich arm.

Und jetzt erzähle ich Dir noch etwas sehr Spezielles: Es gibt keine Huren in Argentinien.

Ich bin ja oft sehr spät in der Nacht ins Hotel gegangen, und wenn Du als Vergleich in Graz einen Weg von nur einer halben Stunde hast, siehst du unzählige Lokale und viele Schönheiten der Nacht auf den Straßen, welche ihren Körper anbieten. In Mar del Plata gibt es das nicht.

Obwohl es sehr viele Touristen gibt, scheint es da keinen Bedarf zu geben. Das ist erstaunlich und es entspricht sehr »meinem« Argentinien.

Ich persönlich glaube mittlerweile, dass es keine Huren

braucht, wenn die Menschen sehr kultiviert und liebevoll miteinander umgehen.

Warum geht ein Mann denn zu einer Hure? Damit er Liebe bekommt? Kriegt er nicht. Damit er mit einem schönen Körper Sex bekommt? Meinetwegen, er bekommt Sex. Aber was denn für einen? Würde er onanieren, wäre es nichts Anderes.

Wirkliche Berührungen, wirkliche Anziehung, wirkliches Sich-Kennenlernen, sich nahekommen … spielt sich da nicht ab.

Aber wenn Du das Gefühl brauchst, Macht über jemanden ausüben zu können, dann ist es wahrscheinlich gut für Dich. Das erinnert mich ans katholische Internat. Manchmal glaube ich, ganz Österreich ist ein großes katholisches Internat.

Ich habe Dir schon weiter oben etwas über das antike Griechenland erzählt.

Das für mich Schönste an der griechischen Antike ist das, was von den Philosophen geblieben ist.

Angefangen hat das mit der Philosophie beim Thales von Milet, sagen jedenfalls viele. Er gilt als der erste abendländische Philosoph, und bei allem, was ich über ihn erfahren habe, hatte ich immer den Eindruck, dass er nie aufgehört hat, zu fragen. Wie ein Kind, immer und immer wieder, z.B.: Was ist die Seele? Haben Tiere, Pflanzen, Steine vielleicht auch eine? Laut Thales ja, laut Josef auch.

Und viele sagen, dass er damit einen Grundstein für unsere Zivilisation gelegt hat.

Und alle, die später kamen, haben auf die gleichen Fragen nach Antworten gesucht. Natürlich haben sie andere Antworten gefunden und das hat dann nicht mehr aufgehört. Dieselben Fragen und immer andere (meist nur für einen gewissen Zeitraum befriedigende) Antworten. Thales hat gemeint, alles Leben kommt vom Wasser, dann ein anderer (Heraklit), nein, alles kommt vom Feuer. Der sagte auch, das einzig Beständige sei die Veränderung. Ja die wildesten Erklärungen kamen und kommen immer noch (Zu Beginn der Urknall – somit erst wieder Krieg oder Feuer.)

Aber ich will Dir von jemand anderem erzählen. Es geht um Epikur.

Für Epikur gibt es 3 Bedürfnisse:

1. Notwendige (oder Primärbedürfnisse) wie Schlafen, Essen, Trinken (oder einfach Nahrung), Kleidung und **Freundschaft**.
2. Schöne wie Liebe, Feuer, Musik, Literatur, Kunst, u.v.a.
3. Eitle (nicht schöne und nicht notwendige) wie Luxus, Macht, Sklaven usw.

Laut Epikur zählt Freundschaft mehr als Liebe (wobei das ineinander übergehen kann). Und wenn man nur arbeitet und dann mal ein bisschen frei hat, sieht man erst, wie schön Musik (Tango) oder Literatur oder Liebe sein kann.

Aber vom zweiten (von dem Schönen) kann und sollte man nur ab und zu was haben. Und von den Dritten, den eitlen Bedürfnissen, glaube ich, brauchst oder willst Du nur dann etwas, wenn Du vom ersten zu wenig hast. Ich glaube, wenn Du genug Freunde hast, brauchst Du keine Luxusgüter (wie z.B. Huren).

Über das Verhältnis zwischen Notwendigem und Schönem kann man vermutlich viel streiten. Aber wenn es Dir so gut geht, dass Du Dir darüber Gedanken machst, bist Du ja eh schon ziemlich glücklich.

Wenn, ich denke, was mir unterwegs so alles angeboten wurde, und in Mar del Plata oder Buenos Aires dagegen nichts von alledem.

Ich war ja in einigen Geschäften und Lokalen in der Innenstadt von Buenos Aires und keine von den emigrierten Venezolanerinnen, Kolumbianerinnen machten irgendwelche Angebote.

Es gibt keine Bordelle, auch nicht in den slumähnlichen Vorstädten, wo ich mit Mario durchgefahren bin und wo sich vielfach Kolumbianer und jetzt Venezolaner angesiedelt haben.

Aber, wirklich immer, wenn ich meine, zu einer Erkenntnis gelangt zu sein, kommt völlig unerwartet ein Teufelchen aus dem Nichts und wirft mein schönes Gedankengebäude um ...

Also, was ist passiert? Am letzten Abend wollte ich in Buenos Aires noch mal essen gehen.

Leider waren alle Lokale, die ich in den letzten Tagen kennengelernt habe, geschlossen, und nach einer Stunde des Herumsuchens, habe ich ein Lokal genommen, das grad so ging. Die Empanadas waren gut. Die Kellnerin war hübsch, aber ungewöhnlich aufdringlich.

Sie setzte sich zu mir, ließ sich auf ein Bier einladen und hat dann begonnen, mich auszufragen, was ich so mache, so ein »eleganter Mann« wie ich ...

Ich war ziemlich sprachlos und habe nur mehr blöd geschaut.

Nun, sie hat sich mir angeboten. Für 100 Euro käme sie mit ins Hotel und wäre dann sehr lieb zu mir. Natürlich gibt es auch in Argentinien Prostituierte. Was glaubst Du denn? Und jetzt ist es bestätigt. Mario hat ja auch von »Putas« gesprochen. Dieses Gewerbe gibt es in Buenos Aires und vermutlich auch in Mar del Plata.

Aber ich glaube immer noch, dass es nicht dieses Ausmaß hat wie bei uns in Europa.

Genau 100 Euro habe ich noch. Aber meine verklärte Vorstellung von Argentinien hat jetzt einen ziemlichen Knacks abbekommen. Sie war zu alledem auch noch Argentinierin. Ich habe versucht, es ihr erklären, warum da jetzt nichts geht. Mit Argumenten und meinem schlechten Spanisch war da nichts möglich.

Da hat sie endlich einen Fisch an der Angel, und der sagt aus Liebe zu Argentinien, geht da jetzt nichts.

Sie: »Ach, ich gefalle Dir nicht. Du bist so böse.«
Ich: »Si si si, eres una mujer hermosa.«
Sie: »Bueno! ¿Cual es vos hotel?«
Ich: »No señorita.«
Sie: »¿porque? ¿Te gusto o no te gusto?«

Ach, ich liebe romantische Gespräche dieser Art.

Zum Schluss möchte ich noch etwas loswerden. Ich weiß natürlich, dass meine Euphorie auch damit zu tun hatte, dass ich sehr weit weg von meinen Aufgaben war, die ich sonst im Alltag zu meistern habe. Dadurch, dass ich »so weit weg« war nicht bei jedem »Alltagsschaß« springen musste, hat sich für mich eine Freiheit eröffnet, die ich seit vielen, vielen Jahren nicht mehr gekannt habe. Beim ersten Mal Argentinien war es auch so, dass ich mich gefühlt habe wie mit 20.

Es ist, könnte man sagen, eigentlich bloß ein kleiner Ausstieg aus dem Alltag gewesen und für eine Argentinierin (Das ist Dir zu liebe, liebe Chesita*) oder einen Argentinier wird mit ziemlicher Sicherheit nichts von meinen Erlebnissen und Erfahrungen ihrer Realität entsprechen.

*Es ist mir bewusst, dass ich viel mit Namen um mich werfe, deshalb eine letzte Erklärung: Chesita ist eigentlich Maria-Nora. Sie stammt aus Bahia Blanca, lebt aktuell in Mar del Plata und ist Professorin auf der gleichnamigen Universität.

Sie lebte in den USA, in Spanien und in Frankreich und spricht somit Englisch und Französisch.

Maria ist ein bisschen eine Feministin und kleine Ungerechtigkeiten des Alltags können sie in Rage bringen (Daher wird sie von ihren lateinamerikanischen Freunden in der Diaspora auch »Chesita« genannt).

Eine Episode möchte ich, um ihre Persönlichkeit zu beschreiben, anhängen. Maria hat mir von einer Geschichte, erzählt, welche es in eine argentinische Zeitung geschafft hat und sogar ein bisschen Österreich betrifft.

Eine junge Österreicherin wollte gemeinsam mit ihrem Hund Südamerika, durchqueren, beginnend vom Feuerland bis hinauf nach Kolumbien. In Patagonien hat sie der »Covid-19-Lockdown« eingeholt.

Eine lokale Zeitung hat davon berichtet und es stand in der Zeitung: Die zwei »Austriacos« sitzen jetzt dort fest.

Zur Erklärung: Ein männlicher Österreicher ist ein »Austriaco«, eine weibliche ist eine »Austriaca«. Eine Gruppe männlicher Österreicher sind »Austriacos«, eine Gruppe weiblicher »Austriacas«. Eine gemischte Gruppe sind »Austriacos«, auch ein Ehepaar würde die männliche Form »Austriacos« bekommen.

Aber das Spezielle hier war: Durch den Hund (männlich) wurden die beiden in diesem Fall auch »Austriacos« genannt.

Dass das die liebe Marí (Chesita, Petuña … sie hat halt viele Namen), nicht hinnehmen konnte, war jedem, der sie ein wenig kennt, sofort klar.

Den Verfasser des Artikels anzurufen, um ihm gehörig das Fell zu polieren, hat kaum ein paar Minuten gedauert. Ich war ja nicht dabei, ich kenne die Geschichte nur von ihr und den Erzählungen ihrer Freundin. Zehn Minuten hätte ihr Vortrag über respektvolle und gleichwertige Kommunikation zwischen den Geschlechtern schon gedauert und sei dann mit einem keinen Widerspruch duldenden »Comprende« abgeschlossen worden.

Ja, und das ist »Chesita« (Tochter eines evangelischen Bischofs, eine schöne, liebenswerte, diskussionsfreudige Peronistin). Einen Kater hat sie auch.

Er heißt Dominga (nach Juan Domingo Peron).

Das wäre es jetzt wirklich gewesen …

Aber da ist noch diese Tangosängerin Larissa Maria Mancolli. Du spürst vermutlich, da gäbe es auch noch eine andere Version, die es vielleicht wert ist erzählt zu werden (so als Zugabe):

Der junge freche Julian hat, als ich zu Silvester nach wenigen Minuten zurückkam, gleich gefragt, was los ist.

»Ich durfte nicht rein«, sagte ich.

»Glaube ich nicht« sagte er. »Das, was Du machst, ist, das Wasser heißmachen, aber den Mate nicht trinken. Ich rufe im Restaurant an.«

Ich: »Was? Nein, auf keinen Fall!«

Aber er telefonierte schon. Nicht lange, dann sagte er: »Grace (ihre Managerin) holt Dich am Eingang ab.«

Ich habe dem Julian definitiv zu viel erzählt. Grace war natürlich da, grinste und hat gleich gesagt, dass ich doch von Larissa eine Karte bekommen habe. Einmal alle umarmen und begrüßen. Larissa war schon in der Garderobe. Grace hat mich dann gefragt, ob ich den Text von »Quizas, quizas …« noch kenne. Mir wurde ein bisschen warm. Nein, kenne ich nicht mehr. Ich habe ja nur das dreimalige »Quizas« gesungen. Ich will eigentlich nicht wieder singen und schon gar nicht das ganze Lied.

Sie meinte nur, alle würden sich freuen, wenn ich noch einmal singen würde und vor allem Larissa würde sich freuen.

Ich habe mir natürlich den ganzen Text inzwischen angesehen, die Version von Ibrahim Ferrer und Omara Portuondo auf Youtube auch mehrmals, das ist die schönste.

Sieh Dir mal die Version von Andrea Bocelli und Jennifer Lopez und dann die von Ibrahim und Omara.

Und dann kannst Du Dir vielleicht vorstellen, wie es aussieht, wenn ein altes Ehepaar Tango tanzt.

Ich habe ja schon erwähnt, Larissa ist in Argentinien in der Tangowelt ein Star und Stars werden, wie Du vielleicht weißt, abgeschirmt.

Alle Kontakte laufen über die persönliche Managerin Grace. Grace hat mir den Zugang zu Larissa gemanaged (zumindest am Anfang).

Dann kam ihr Auftritt. Ich war ziemlich sprachlos. Sie trug ein Geschenk, dass ich ihr vor ein paar Tagen über Grace zukommen ließ (eine rote »chalina«), und dann begann Larissa zu erklären, dass sie das von einem fernen Bewunderer aus Österreich bekommen hat.

Dass jetzt alle Blicke in meine Richtung gingen, war klar. Ich wusste nun, dass jetzt die »Yerba« (die Kräuter) in die Kalebasse kommt, das Wasser auch schon erhitzt ist und wir den Mate wohl trinken werden.

Mate ist ja ein bisschen bitter, aber es ist ein außergewöhnliches Getränk.

Natürlich war ich sehr glücklich an dem Abend. Es gab den Quizas-Auftritt. Wir tanzten, wir umarmten einander zu Mitternacht. Larissa spielte wie üblich mit dem Publikum, setzte sich bei den Männern auf den Schoß, kokettierte mit allen. Männer mögen das – falls Du es nicht wissen solltest.

Als Abschluss sang Larissa »A mi manera« und setzte sich dann auf meinen Schoß. Das war dann das Ende (des Auftritts).

Larissa hat nach den Auftritten immer ziemlich Hunger. Somit aßen wir alle noch einige empanadas mit ihr.

Ich hatte vorher auch nichts gegessen (kam ja zu spät) und so war es mir natürlich recht. Grace und Margarita gaben mir zu verstehen, dass ich heute zu bleiben habe.

Larissa setzte sich inzwischen zu ihren Bewunderern an den anderen Tischen, unterhielt sich mit allen. Es begann hell zu werden. Die Tische leerten sich. Wir gingen dann auch. Ich stieg bei Grace mit ein ins Auto und saß auf der Rückbank bei Larissa. Grace fuhr mit uns durch die Stadt. Ein wenig berührten sich unsere Hände.

Larissa fragte mich auf Englisch, ob ich etwas Schönes sehen möchte. Wir fuhren hinaus aus der Stadt, zur Küste. Larissa und ich stiegen aus. Grace fuhr weiter. Ich hatte noch mein Sakko an, Larissa ihren dunklen Hosenanzug.

Wir setzten uns auf einen warmen Felsen und küssten uns. Unsere Küsse verschmolzen mit Tränen.

Larissa lachte und sagte (auf Spanisch), dass ich ja weine.

Ich lachte und sagte (auf Spanisch), dass es ihre Tränen sind.

Sie lachte, Du sprichst ja Spanisch (ein wenig war schon möglich). Wir lachten und weinten und küssten uns. Grace kam zurück und wir stiegen wieder ein. Sie ließen mich bei meinem Hotel raus. Dann fuhren die beiden Frauen weiter.

Ich ging frühstücken. Der Kaffee war wunderbar und die Medialunas ein Traum. Julian war nicht mehr da. Er hatte schon Dienstschluss.

So durcheinander war ich schon lange nicht mehr. Was

werde ich jetzt tun? Ich habe Aufgaben in Österreich (meinen Sohn, meinen Beruf …). Ich kenne niemanden in Argentinien.

Larissa hat selbst zwei Kinder und diese Traurigkeit hinter ihren schwarzen Augen waren nicht dem Tango auf der Bühne, sondern dem des Lebens geschuldet, dessen war ich mir gewiß.

Ein kurzer Gedanke war, vorzeitig Mar del Plata zu verlassen und nach Buenos Aires abzuhauen.

Vielleicht sollten wir uns vorher aussprechen.

Ich fuhr zum Strand und blickte auf den Atlantik hinaus. Es waren nur ein paar Familien mit ihren Kindern da.

Schlafen wäre unmöglich gewesen. Ich schickte noch ein paar Whatsapp-Nachrichten an Larissa, welche unbeantwortet blieben.

Irgendwann wurde die Sonne zu heiß und ich ging ins Hotel zurück.

Glücklicherweise ergaben sich ein paar Stunden Schlaf. Spät am Abend ging ich dann runter in den Empfangssalon. Julian hatte seinen freien Tag.

Ich bekam einen Kaffee von seiner Vertretung und wanderte wieder zum Strand, weiter zum Militärstützpunkt, zum Hafen, zum Leuchtturm, wo sich die Seelöwenkolonie befand.

Zurück nahm ich den Bus. Edgardo hatte geöffnet. Ich nahm noch einen Malbec mit Wasser. Er setzte sich zu mir. Er war nur 1,65 m groß und wusste, dass er mit Larissa nie etwas würde haben können. Sie ist 1,75 m groß und 15 Jahre älter als er.

Er war etwas schroff. Nach einer Weile fragte er mich, wie es mir so ginge. Ich sagte: »Nicht so gut wie Dir.«

»Sie ist ein Teufel«, sagte er nach einer Weile. »Dale«, gab ich ihm recht.

Larissa und ich sahen einander nicht mehr. Einen Auftritt hatte sie noch in der folgenden Woche, aber für mich gab es keinen Platz. Alle meine Kontaktversuche in der noch verbleibenden Woche waren erfolglos.

Julian kannte jemanden in der Meldebehörde in der Stadtregierung und hatte angeboten, die Adresse ausfindig zu machen. Diesmal konnte ich ihn abhalten.

An meinem letzten Abend bei Edgardo, als Carolina auftrat, waren ihre Freunde da. Sie ließen keine Fragen über Larissa zu.

Sobald ich in Europa war, hatten wir wieder etwas Kontakt.

Sie hatte ein paar Auftritte in Italien zugesagt. Die Covid-19-Pandemie hat dann auch das gestoppt, und danach erlosch die Kommunikation.

Auch das stimmt wieder nicht ganz. Ich beobachte ab und zu ihre Auftritte. Wenn sie Kafka zitiert oder jetzt nach einem Jahr die Puppengeschichte von ihm auf Facebook postet, dann freue ich mich und nicht nur deswegen, weil sie Franz Kafka kennt.

Ein paar Erklärungen zu Begriffen, welche Dir lieber Leser nicht so geläufig sein könnten

Berglerbub (Seite 15)
Die Bergler waren Knechte oder Dienstboten, welche als Belohnung für ihre teilweise jahrzehntelange treue Arbeit beim herrschaftlichen Bauern eine eher karge kleine Landwirtschaft meist mit Flächen in einer Hanglage (daher der Name «Bergler») bekommen konnten. Jahrhundertelang wurde zwischen Berglern und Bauern unterschieden. Bergler zählten zur armen Landbevölkerung, welche von den Erträgen ihrer steilen Felder nicht leben konnten, und zu jeder Zeit einen Zuverdienst brauchten.

Malvinas (Seite 17)
man sollte (als Ausländer) nicht über den Falklandkrieg reden, und beim Zuhören sollte man wissen, dass die Inseln in Argentinien diesen Namen tragen

Vacaciones, che... (Seite 17)
Ferien, Urlaub. «Che» ist ein Begriff, den ich später im Text – vermutlich ungenügend – versuche zu erklären.

Tu felix Austria nube (Seite 18)
So heißt es. Aber im Gespräch mit Juan sagte ich nicht «nube» sondern «bebe», und da hieß es dann «Du glückliches Österreich trinke»

First she will hug you, then she will kill you (Seite 65)
Zuerst umarmt sie dich, dann bringt sie dich um.

Cambio Climatico (Seite 67)
Klimawandel

Esta bien. Josef esta libre y no pobre (Seite 70)
Es ist gut. Josef ist frei und nicht arm.